まにまに

西 加奈子

角川文庫
21454

目次

第1章 日々のこと

第3章　音楽のこと

第4章　本のこと

イラストレーション　西　加奈子

第1章　日々のこと

かなこです

西です。

初対面のとき、私は人にそう言う。「かなこです」とは、絶対に言えない。

もちろん、仕事でお会いする人に「かなこです」なんて言う必要はないのだけど、カジュアルな場所で出会った誰かに名前を聞かれたときでも、かたくなに「西です」を貫いてしまう。

他の女の子たちは、「キョウコだよ★」とか、「マミです♪」などと言ってらして、それを聞くたび、「西です」と堅苦しいことを言った自分を恥じる。

小学校の頃、あだ名は「かなち」だった。「かなちゃん」の略だと思う。そのまま高校までそのあだ名が続いて、でも、やっぱり初対面の子には「西です」と言っていた。なんか照れてしまって、特に男の子にはどうしても「かなちやで！」とは言えないのだった。だから高校では「かなち」と「西さん」のふたつの呼び方があった。大学生になると、男の子だけでなく、女の子にまで照れてしまい、それからはずっと、出会った誰に名前を聞かれても、「西です」と言い続けている。「かなち」は消えた。自分のかたくなさがいやだ。

大阪から東京に越してきたとき、アルバイトを始めたバーで、店員のみんなが「マイだよ」「ヒロです」「ケンっす」そう自己紹介してくれた。「おおおお」と思った。この、この、友好的な感じ！「かなこです」って言うチャンスだ！「かなこ、おかわり！」なんてみんなに呼ばれるところを想像し、私はわくわくした。でも瞬間、「なめられたら終わりや！」という謎の考えに取り付かれ、「西です」と言ってしまった。だから結局、みんなやお客さんからも「西さん」と呼ばれるようになった。距離感。

どうして自分の名前というのは、あんなに恥ずかしいのだろう？「ビヨンセです」とか、「ナウシカです」だったらいくらでも言えるのに、自分にぴったりくっついてる「自分の」名前を言うのが、どうしても恥ずかしい。「西」ですら。消えろー自意識というやつ。だから、自分のことを「かなちゃん」とか「かなこちゃん」て言ってくれる人がいると、とても嬉しい。その人と秘密を共有したような気持ちになる。

最近、近所で同じ猫を見ていて仲良くなった人がいる。60歳くらいの女の人で、細くて、いつも派手な色のセーターやカーディガンを着ている。いろいろ話しかけてく

れるので、ある日、名前を聞いてみた。すると、彼女は、

「ひでこです」

と答えた。うわー、て思った。まさかここで⁉　バーとか、クラブとか、お酒の席とか、そういう場所じゃない、アスファルトの、電信柱の、昼日中の、猫がごろりの、そういう場所で初対面の初老の人に教えられる「急なファーストネーム」というのは、かなりの衝撃がある。一歩も二歩も心の中に踏み込まれた感じだ。

びっくりしすぎて、私も思わず、

「私は、かなこです」

そう言ってしまった。やったー‼　それからひでこさんは会うたび、「ああ、かなこさん」と言ってくれる。それが嬉しくて、猫に会うときも、「はろー、私はかなこだよ」という顔で接する。かなこだよ☆　かなこだよ♪

猫は、いつも「しらんがな」と言う。

恋する般若

恋をしてしまった！

彼とは友達を交えて飲んだりはするけど、ふたりっきりで会ったことはない。でも、なんとなく相手にも自分に好意がある、ということは分かる。それが恋に発展する好意なのか、すごく良い友達になれる好意なのかは、まだ分からない。これからの自分の頑張り次第で、どちらにも転びそうな予感だ。

あるとき、その人と食事の約束を取り付けた。幸運！　緊張！　その日の結果次第で、恋人か友達かが決定してしまうかもしれない。よし、ここは、いつもは着ないような女らしい服を着てみる、髪の毛を巻いてみる、唇をつやっつやにしてみる。待ち合わせ時間まで、あと30分。駅やデパートのトイレに行って、自分を徹底的にチェックする。可愛く見えるかしら……。

こういうシチュエーション、女の子にはあるんじゃないだろうか。よく。

恋とは言わないまでも、なんとなくいい雰囲気の男の子と最初のデートをするときは本当にわくわくするし、その分緊張もする。彼の前では今までで一番素敵な自分でいたいし、だから必要以上に見栄えを気にしてしまう。どきどきどき。髪はきちんと巻けているかしら？　唇の色、変じゃない？　マスカラはダマになっていないかしら⁇

そんな風に、女の子が自分を磨き上げるのに必死な姿は一般的に「可愛い」と言われる。恋をする女は、可愛い、と！

否、私はそうは思わない。

例えば夜7時頃の新宿、ルミネや駅のトイレに行くと、必死で化粧を直している女の子たちを見る。あらデート前？　可愛いわね、ふふ……と思える子は稀、あとの子はほとんど「鬼」の形相なのだ。

大体、アイラインを引くときやマスカラをつけるとき、口紅を塗るときには、かっ、くわっ、んーあ、とか、そういう顔をしなければいけない。それがものすごく怖い。可愛いなぁと思える子は、ちょっと微笑んでいて、軽くリップを塗るとか、髪をちょいちょい触る程度のことをしている子で、余裕がある。つまり、余裕がない必死な子は必死なだけ怖いのだ。風情がない、鬼、般若。そういう子に限って、使ったあぶらとり紙をそこらへんに捨てたりする。

だが、ゴミ箱に捨てろやこるぁ！　そうメンチ切っている私も鬼だ、般若だ。好きな人と会う前は、トイレの鏡を取り合って、かっ、くわっ！　トイレを出てもインスタント証明写真の鏡でもう一度、かっ、くわっ！　お金を下ろすために立ち寄ったATMに防犯用の鏡を発見して、また、かっ、くわっ！　その姿を見られたら、いくら「いい雰囲気」の彼でも、引くと思う。恋をした女の前に鏡を置いてはいけない。

でも、あの究極に周りの見えなくなる感じ、それが恋やがな、そうも思う。電車でお化粧直ししている子を全然笑えない。私も何度もしたことある。だって彼にさえ可愛く見られたらいいのだ！　それではいけないと思っていても、必死なときは自分が見えない。可愛くなくても、みんな格好いい。戦っているのだ。

色気入札中

さっき、「色気」を明鏡国語辞典で調べてみた。

「①色合い。色調。②異性を引きつける性的な魅力。③異性に対する関心。性的な興味。④華やいだおもむき。あいきょう。愛想。⑤ある物事に対する意欲や欲望。野心。」

ふむ。①は、どうでもいい。⑤も、どうでもいい。問題は②だ。

色気のある女、について、最近考えている。下卑《げび》た言い方をすると、「エロい」女だ。③の意味の「エロい」ではない。あくまで、異性に「うお〜」と思われる「エロ」イコール「色気」とは何か。

というのも、最近、仲良しの友人たちで飲んでいたとき、居並んだ男性陣が皆、ある女性のことを「エロい！」と褒め称えたからだ。なるほどその女性はスタイルもいいし、可愛い。でも、私にとってみたら、すごく若いし、「女性」というより「女の子」の雰囲気。「エロい！」というよりは「可愛らしい」という感じなのである。が、男性陣は「いや、エロい！」「エロいよ〜」などと、阿呆のように叫んでいる。男性の思うエロと、女性の思うエロは違うようだ。

そこでエロを研究すべく、他にも「エロい」と言われている友人や、過去言われていた女の子たちなどを思い出してみた。例えば、「顔が猥褻物陳列罪」と言われていた友人のKちゃん。スタイルが抜群にいいし、それこそ顔が雛形あきことか井上和香とかの100倍エロいのだが、どうも男の子が感じるのは、そういう分かりやすい部分だけではないらしい。よくよく考えた。

共通するのは、「おしゃべりじゃないこと」、「がっついていないこと」だ。

Kちゃんも、その女性も、他の女の子たちも、そうだ。

飲み会などでも、なんとなく聞き手に回ることが多い。聞かれたら答えるが、自分から「聞いて聞いて聞いて」と訴えかけてくることはしない。聞かれて答えたことでも、多くを語らないものだから、「それで?」とか「え、それって○○ってこと?」などと、追加質問をされている。少しの謎を身にまとっているのである。

そして、重要なのは、なんとなく「諦めた」ような雰囲気が漂っていることだ。

以前、ある写真家の方とお会いすることがあったが、そのとき「女は死に近いほど色っぽいんだよ」とおっしゃっていた。単純に死に近いのではなく、死の予感を感じさせること。人生や宿命に身をゆだねている、抗《あらが》わない感じ、が「エロ」「色気」なのだ。

おしゃべりで、がっついていて、決して諦めない自分はきっと、色気から最も遠いのだろう。でも生きる。

しょっぱい飯だぜ

仕事が忙しいときや、忙しくなくても、なんだかだるくて動きたくないとき、私は中華の出前を取る。

一度出前を頼むと、電話番号を言っただけで誰か分かるようなシステムになっていることは、カクヤスでビールをケースで頼んでいる経験から分かっていた。なので、初めて出前の電話をしたとき、お名前は?と言われ、「○○(イイっぽい発音)、です」とごまかし、まんまと「三木さん」になることに成功した。堂々と三木です、と嘘をついたのではなく、向こうが「西です」を聞き間違えて「三木です」になってしまった、というのがポイントだ。罪悪感が和らぐ。

三木やろうが西やろうが、出前に来た人が見る人物は私なのだし、住所まで知れてるし、ええやないけ、という感じなのだが、でも、ちょいちょい出前を頼む女が「西」ではなく「三木」として登録されている、と思うだけで、少し安心するのだ。

そしてさらなる安心のために、私はいつも2人前頼むことにしている。

例えば、中華丼と、担々麵と、餃子、だ。電話でも、

「中華丼とー、担々麵？　と？　あと、餃子……ひと、っでいっか」

みたいに、パートナーとメニューを確かめ合って電話をしているのだ、というふりをする。謎の自意識だ。だまされた出前が「ちわーす」とやってきても、テレビの音を大きめに設定、奥で怠け者の夫か恋人がごろ寝、という雰囲気を醸し出すことまで忘れない。


最近の中華の出前では、ラーメンを持ってくる際、スープを魔法瓶に入れてくる。最初からスープに浸していると、麵が伸びるからだ。このシステムは客のことを考えているようで、「三木さん」になりすましている私のような者からすれば、大変迷惑だ。出前を取っている、ということを周りに悟られたくないものだから、出前の受け取り時間はなるべく短いほうがいい。玄関でもたもた、「スープ入れますねー」などと言ってしゃがまれると、マンション内のいつ誰がドアを開けて、

「あ、２０３の女だ！　独身で家に一日中おって挙句出前を取って！　はははは！」

そう思われるか分からないのだ。


しかも、私のマンションはファミリータイプで、ひとりで住んでいるのは私だけなのである。

実際に一度、玄関先での「モタモタ」を見られてしまったことがある。

「サンラータン麵のスープ、入れますねー」

などと言いながら出前の男性がしゃがんでいるとき、大家さんが不動産屋さんらしき人とマンションの査定のようなものをしにいらした。平日の夕方、ジャージにすっぴんの女がサンラータンの酸っぱ辛い匂いを廊下中に漂わせているマンション、というだけで、耐震強度とか築年数関係なく価値が下がるのではないかと申し訳なかった。

注文したラーメンや中華丼や餃子2人前を、結局私は全部食べてしまう。美味しい、でも、ちょっとしょっぱい。

エコな女が音姫を探して

この前、友人に誘われて、あるイベントに行ってきた。

一言で言うとライブイベントなのだが、会場にはいくつかブースがあって、天然素材で出来たお洋服や添加物ゼロのクッキーなどを売っていた。その売り上げの一部やライブフィーを植林に役立てるそうだ。ゴミの捨て方もきちんとしており、飲食店もお皿やコップをレンタル、洗って返却という、リサイクル精神に溢れた、つまり地球に優しい、または地球に優しくしよう、という催しだった。

普段、地球にいわれのない虐待を続けている私は、会場に着いた途端「知らない誰かにものすごく怒られるのでは」というプレッシャーにやられてしまって、お腹が痛くなった。

トイレに駆け込むと、個室がふたつ。ちょうどライブが始まったからか、ひとつ空いていて、とても静かだ。空いている個室に入ろうとしたら、いかにもエコンシャスで綺麗なすっぴんの女の人が入ってきた。どきっとしたが、目が合うと、石油系原料の化粧品でのフルメイク、化学合成繊維の服を着こんだ私にも、優しく微笑んでくれた。私ははにかみながら個室に入った。当然、用を足す音が聞こえてしまう。

だから私は、探したのだ、あれを。

あれを、あれを、あれ……、あれ？　ない、ない、ない。

音姫がない。

あの、用便の音を消すために水を使うのは地球によろしくないから、流水音を真似た音を流すことによって水を守る音姫が、なかったのだ。

どうしよう。隣の個室は異様に静かで、私がチャックを下げるわずかな音さえ聞こえる状況だった。普段なら迷わず水を流して、そのすきに用を足すところだが、今はそうはいかない。だって私の後には、エココンシャスで綺麗で優しいあの女《ひと》がいるのだ。

だから、私は決心した。

音消しの水を流さずして、用を足そう……！

それがエコなんだ！

私の「音」は「地球さん、ありがとう」「これからもよろしくね」のメッセージだ！

私は微笑みながら用を足し、最後に「一度だけ」、「小」のほうへ水を流した。そして、やはり微笑みながら個室を出た。なんだか清々しかった。

例の女の人は少し会釈をして、後から個室に入って行った。どことなく私のことを誉めてくれているような、優しい目をしていた。

すると、ジャーッという「本当の」流水音が聞こえた。え？　と思っていたら、からからからからからからーと、ものすごい量のトイレットペーパーをむしる音、そしてまたジャーッという本当の流水音が二度ほど聞こえた。

呆然としている私の前に現れた人は、やっぱり素敵な笑顔、エコ美人な女性だった。彼女は洗面台で、じょぼじょぼじょぼーと水を流してペーパータオルをがががががっと取って、また会釈して出て行った。

こちらの勝手な予想をふみにじられて、私はよく落ち込む。

優しそうでキュートなおじいさんが異常な興奮でもって猥談を持ちかけてきたとき、仙人みたいな鬚《ひげ》を生やしている人が猫アレルギーだったとき、スタイリッシュな眼鏡をかけている人がパソコンのキーを打つのがすごく遅かったとき。

彼らは何も悪くない。

私の拭いがたい偏見がいけないのだ。

私だけ

友達とカフェに入り、それぞれカプチーノを注文したとき、私のだけ「泡立ちがあまい」ときがある。ふたりのときなら2分の1の確率だが、4人で注文したときなども、私のだけ、泡立ちがあまい。

みんなのは、ふわあっと、ぽっこりと、可愛らしい雲を乗せたみたいな素敵なビジュアルなのに、私のだけ、泡がふぇたー、とだらしなく、「死にかけ」みたいな体だ。

なんで私だけ。

「替えて」

と言っても、大抵の友人に断られるし、たまに「いいよ」と優しい子がいれば、それはそれで自分がとても非道なことをしたような気になってくる。替えてくれたカプチーノは美味しいが、本当は私じゃなくて、この子の口のまわりに、このような可愛らしい泡がついていたはずなのだ。そう思うと恥ずかしい。

高校の卒業旅行でスノボに行ったときも、そうだった。

レンタルのスキーウエアを借りたのだが、みんなはピンク色の無難なやつだったのに、最後に借りた私だけグレーで、挙句、股のところにつぎはぎがしてあった。

みんな取り替えてくれなかった。その当時は、髪の毛が猿みたいに短かったから、もしかしたら男と間違われたのかもしれない。ショックだった。挙句、髪の毛は借りたウエアと同じような灰色をしていた。雪原を歩けば、小さなビッグフットといった体だ。

そのときばかりは、髪をそんな風にしたことを心から悔やんだ。

みんなはキュートなビギナーのレンタルウエア、可愛い子ばかりだったので、上手な人や浮わついた男性たちから次々に声をかけられていたが、灰色猿毛でストイックなグレー、ぱっと見「灰色」の印象、よく見ると「股のつぎはぎ」の目立つ私は、どれだけ転んでも、「あーもう！」などと声に出しても、誰も助けてくれなかった。

今でも私はスノボが嫌いだ。


最近では、こう思うことにしている。

このアンラッキーの代わり、私はひとつのラッキーをもらったんだ！

例えば、旅客機の機内、墜落の危機の際、みんなの救命胴衣はことごとく破れていてパニック！　しかし、私のだけ完璧。泣きながら「替えてください」と懇願する友人を尻目に、両端のストロー状のものから息を吹き込む私だ。

「あれ、カプチーノ替えてくれたっけ？」

「スノボのときのこと、忘れたん？」

さようなら友達、そして、損ばかりしていた私。

しかし、よく考えたら、こんな風に「私だけ助かる」系のことは、小さな頃から考えてきた。「名前はウォーリー。700年間、ひとりぼっち」みたいなことも、普通に自分に置き換えて考えていたし、その際にどうやって生き延びるかを、こと細かくシミュレーションしていた。

そんな自分の強欲さを神様が見ていらして、いつも私だけ「あかん何か」に当たるようにしていたのかもしれない。もしそうだったら、カプチーノやウエアごときに済まして警告してくださっている神様に、感謝しなくてはならない。

合流まじ注意

原稿書かれへんしもうめっちゃ飲んだんねん、と思って家を出る。

友人らには合流を乞う連絡をしてあり、歩いているうちから気分が高揚してくる。運のいい日は満月。それがますます私を高揚させ、すれ違う人がはっきり見てくるほどの独り言を言いながら歩く。その日会う友人らとの会話を待ちきれず、勝手に頭の中でシミュレーションするのだ。

これは大変に恥ずかしいが、歩いているときの私の癖である。ドラマティックな場合は、会ってもいない未来の夫の不倫を糾弾し、深刻なマリッジブルーになったり、近々に出会うはずの素敵な男性を不慮の事故で殺害、本格的に泣いたりする。若い頃、当時の恋人になんだか言いたいことがあるがうまく伝えられる自信がないので、やはり散歩中にシミュレーションをしていたら大変盛り上がってしまい大声で喧嘩、その後仲直りして、最終的には勝手にお互いの愛を深めてしまったこともあるし、友人と飲んでいて、その会話を自分が体験したような感覚を覚え「デジャヴや！　デジャヴや！」と騒いだけれど、数時間前に自分が歩きながらシミュレーションしていた通りに偶然会話が進んだだけだった、ということもある。

　このように会話の練習をするということは、どこかで緊張を覚えているということも含め、やはり人と会うことをハレ、イベントとして考えているからだろう。もちろん、誰にも会いたないもう一生こたつから出へんわよ、と思うときもあるが、大概は、私は人に会いたい。大好きなひとたち、家族、新しい誰か。それを待ちきれないので、先にもう会話をしてしまっているのだ。

　そういうシミュレーションの際は脳みそが異様に活性化されていて、必ず目にある文字が飛び込んでくる。「合流注意」の標識である。「合流注意」は「お前そのノリで人に会うと痛い目に遭うぞ調子のんなよ」というメッセージだ。はっとする。己を諫《いさ》める。人に、社会に、新しい世界に合流する際、私は必ず注意をする。でも飲むと脳みそがゆるくなってシミュレーションや標識や全てを忘れ調子に乗ってまじ痛い目に遭う。

オロ三枝

駅で電車を待っていると、男女とりまぜた若い集団がいた。
彼らはオロナミンCの自販機の前に立っており、「てかオロナミンCしか売ってないしっ!」みたいな話をしながら、互いの距離を縮めていた。春だからだろうか、とても浮き足立っている。

中でもひときわ浮き足立っている男の子が、「あ! オロナミンCといえばさー」と、話を始めた。その始め方、顔つきが「さあさあ今からわておもろいこと言いまっせ」という雰囲気をむんむんにたたえていたので、私もご相伴にあずかろうと、耳をそばだてた。「昔バイトしてた先輩にさ、休憩中に、オロシー買ってきて、て言われてさー。え、オロシーて何?みたいなっ。だから聞いたのオロシーって何ですかっつってっ」。もしかしたら面白くないかもしれない、そう不安になったが我慢だ。何しろ彼は完全に「おもろいこと言いまっせ」顔をしているのだ。でも、私をあざ笑うかのように、彼は衝撃の一言を放った。

「何のことだったと思う?」

周りの皆が、え、みたいな顔になる。私も、え、と思う。まさか。すると、彼は笑いながら、こう言ったのだった。

「オロナミンCのことだったんだよ!!」

嘘だろ。オロナミンCの自販機の前でオロナミンCに触れておいてオロナミンCといえばさーと話をふり、そのオチがオロナミンC。なんで? なんで? 私はパニックになった。

私の友人にも、このような奇跡的な話し方をする人間がいた。ある日、彼は「三枝の家行った話したっけ?」と言ってきた。聞いてないよ、と言うと、「仕事で〇〇いう高級住宅街歩いとったらな、めっちゃくちゃでかい家あってな。どんな奴住んどんねや思たらな、中から人出てきてん」そう言う。

もうこの時点で、それ三枝やろ、絶対三枝やろ、そう思っていたのだが、彼の「おもろいこと言いまっせ」顔を、私は信じた。しかし彼は、私の切実な願いを踏みにじって、こう言ったのだ。

「誰やったと思う?」

神様、と思った。泣き出しそうになりながら「誰やったん?」と聞くと、

「三枝やってん! 三枝の家やってん!」

なんで？　なんで？

「わておもろいこと言いまっせ」顔を、安易に使わないでほしい。どんなに裏切られても、期待してしまうから。何度でも、期待してしまうから。

心を

初めて「ゲルニカ」を見たときの衝撃を覚えている。8つのときだ。震えた。怖くて、ではない。圧倒されたのだ。絵の巨大さや展示された部屋の雰囲気なども加味されてはいただろうが、私は当時、ピカソがどんな人物か分かっていなかったし、「ゲルニカ」が戦争を描いた絵だということも知らなかった。私はその絵に、ただただ心をがっしり摑まれたのだ。

先日新幹線に乗ったとき、斜め前の座席に白人男性が座っていた。鼻が眉間からびよんと盛り上がっていて、目が真っ青でだいぶ奥にあり、ほとんど桃色をした皮膚に、きらきら光る金色の毛が丁寧に生えていた。ふと、彼を生まれて初めて見たのだったら、とても驚いただろうな、と思った。白人を描いた昔の日本人の浮世絵など、まるで「鼻長白おばけ」だ。描かれた白人がその絵を見たら、「えーもう絶対俺めっちゃ嫌われてるやんー」と思っただろう。描いた日本人は差別という感覚など毛頭なく、自分たちとのあまりの違いに、ただただ素直に驚いたのだ。彼らの気持ちになりたい。

驚きたい。心をがっしり掴まれたい。私はなるべくフラットな精神状態になるように努めて、彼をじっと見つめた。あの人初めて見た、あの人初めて見た、あの人初めて見た。でも、まったく驚けなかった。経験が邪魔をする。私は白人男性を、もう知ってしまっているのだ。私が生まれて初めて白人男性を見たのは、いつだったのだろうか。

私はイランで生まれた。初めて見たのはきっと母ではなく、イラン人の医師や看護師だったのだろう。私は彼らを見て、麻酔で眠っている母を見て、どう思ったのだろうか。この世界を見て、窓やベッドや人の指や花や血を見て、どう思ったのだろうか。きっと震えた。ぶるぶると。でもそれは何に対する震えだったのだろう。そのときの感覚に戻りたくて仕方がない。

初めて自分の小説が活字になったときの衝撃を覚えている。27歳のときだった。震えた。怖くて、ではない。嬉しかったのだ。だが今、その衝撃を毎回きちんと体験できているのか。「めっちゃ嬉しい！」などと言っておいて、経験が邪魔をしてはいないか。もしそうであったなら、「調子のんなや最近の自分」と思う。すごく思う。

濡れた反転

私は女性誌で、文筆家のせきしろさんと短歌の連載をやらせてもらっている。

ある収録日、せきしろさんが、

「濡れた、という言葉を頭につけると、なんでもいやらしくなるのだ。やってみろ」

と言った。

私はためしに「濡れた短歌」と言ってみた。本当だ、すごくいやらしかった。

濡れた焼菓子。濡れた憂鬱。濡れた歌舞伎座。濡れた優先座席。

いやらしい。私は濡れた短歌をたくさんこさえた。

濡れた3ＬＤＫ。濡れた居留守。濡れたリフォーム費用。濡れた近い将来。

ある日、とうとう私は「濡れた体」と言っていた。ああいやらしい！　そう思ったが、はたと気付いた。濡れた体は、普通にいやらしいだけだ。

そのとき、意識が裏返った。世界がひっくりかえったような気持ちになった。

以前、「浪速のモーツァルト、キダ・タロー」のことを友人に言う際、間違えて

「浪速のキダ・タロー、モーツァルト」と言ってしまったことがある。間違いだ。浪速のキダ・タローは、キダ・タローその人である。何にも譬《たと》えていない。

そのときも、私は意識がひっくりかえったような感覚に陥った。ぐらぁっとした。普通のことを言っているだけなのに、一度それを違う言い方にしているから、一周回っておかしな感覚になるのである。

浪速の赤井英和、浪速の辰吉丈一郎、もそうだ。浪速のロッキー、浪速のジョー、という言葉があるから、普通のことがひっくりかえったように聞こえるのだ。

ちなみに、何にでも「浪速の」をつけると、なんていうか、「安い言葉」になる。浪速の快晴、浪速の永遠、浪速のマロングラッセ、浪速の御神木。

また別の収録日、せきしろさんは「濡れた」以外にもあるぞ、と言った。

「夜の、だ」

私は今、夜の合流注意を書いている。月一度、夜のダ・ヴィンチ掲載である。ああ。

知らぬ間に

26歳のとき、小説を書いた。出来あがったそれを、どうしても活字にしたくて、つまり小説家になりたくて、東京に出てきた。出版社といったら東京、と思ったからだ。デビュー出来るまでアルバイトをして暮らそうと思っていたが、アテはなく、上京したての数ヵ月はあまりに何もない自分の状況に途方に暮れ、毎日泣いていた。ある編集者との幸運すぎる出会いがなかったら、自分はどうなっていただろうか、と今でも思う。

取材などでデビューのきっかけを聞かれ、当時の話をすると、よほどの覚悟だったのですね、と感心されるが、実ははっきりとは覚えていない。もうちょっとスマートに話したいのだが、心細かった、惨めだった、ということ以外は朧《おぼろ》なのである。それほど、切羽つまっていたのだろう。なんとかしなくては、という意気込みだけが空回りしていた。当時の私の写真を見ると、インドの犬のような顔をしている。やる気だ。そして何故か、「ケニア」と書いたタンクトップを着ている。勝負服だ。

昨今、女優やモデルの女の子などが、デビューのきっかけを聞かれて、こう答えているのを聞くことが、ままある。

「芸能界には全く興味がなくって。友達がそういうお仕事をやっていて、たまたまスタジオに遊びに行ったらスカウトされたんです」

「モデルなんて全然考えてなかったんですけど、知らぬ間に弟が応募用紙を出していて」

本当か。本当なのか。「やる気がないのにいつの間にかスターダム」、格好よすぎる。

そのエピソード、私、いただこうと思う。これからのインタビューでは、こう答えるのだ。

「小説家とか全く興味なかったんですけど、道で子供たちに物語を聞かせているのを、たまたま弟が聞いていて、知らぬ間に出版社に応募していたんです」

無理だ。ではせめて、「気負ってないのにうっかり名作書いちゃう」作家になりたい。

「西さんたら、さっきからレシートの裏に何を書いてるんで……、に、西さん、これは……！」

それがあの『カラマーゾフの兄弟』『百年の孤独』を超える名作、『ケニアの犬』です。知らんまに世界中の文学賞総なめやってん。

200年待て

店員の接客が気になることがある。ことがある、だけで、いつも気になるわけではない。申し訳ないけれど、私にとって店員はほとんどのっぺらぼうの人間、人格を見出していない。もちろん、感謝の言葉は伝えるし、なんだったら、友人に「お前は店員に礼を言いすぎだ」と言われるほどだ。でも、これは関西の人間であれば大概そうで、珈琲を持ってきた店員に「ありがとう」、バスを降りる際、運転手に「ありがとう」という具合、条件反射で発する「ありがとう」にほとんど心は無いのだ。

話はそれたが、接客である。

大阪で青春を過ごした私は、店員との攻防に悪戦苦闘していた。買わせようとする店員と、買うまいとする私。アメリカ村という古着店が多い町がある。そこで働いている店員は、基本タメ口だった。そして、異常に切り込んできた。一着、手に取ろうものなら「それ絶対似合うって」「一回着てみ一回着てみ一回着てみ」「こんな似合う人見たことないし」。容赦ない。

そんなであったから、上京した際、洋服を買いに入った店で接客を受けて、「余裕やん」と思った。「あ、見てるだけなんで」と言ったら、「そうですか、ごゆっくり」などと店員が引き下がってくれるのだ。これがアメ村の店員であれば、「あ、ほんまに」などと言いながらも、私が手に取る商品商品に対し、「それめっちゃヤバない?」「鏡こっち鏡こっち鏡こっち」などと、絶対にめげないはずである。素晴らしい。さすが首都！　わきまえてる！

しかし、たまに気になることがある。「それ私も買ったんです」の一言だ。

その言葉はどういう効果を生むのだろう。「私ほどハイセンスな人間も購入するほどの代物なのだ」ということ？　それとも「私ほどイケてない人間が購入するほどの流行のものなのだ」ということか。「つまり買え。イケてないお前」？

それならば、「よくぞそれを手に取った、その価値が分かるのはあなただけである」と言われたほうが、確実に買いたくなる。

「私この店に200年いますけどね、それを手に取ったのは、あなたが初めてです」しびれる。

めっちゃ未来

近所を散歩していたら、電動車椅子に乗った中年女性とすれ違った。日焼けを避けるためか、ひじまである黒い手袋をはめ、顔の前に垂らすマスクタイプの黒いサンバイザーをしていた。炎天下延々歩いた後だったので朦朧《もうろう》としていたが、我に返った。

「めっちゃ未来やん！」

黒く反射するサンバイザーを装着、ひじまで黒で決めた姿は凛々《りり》しいロボコップのようだったし、電動車椅子の移動速度は結構なもの、ヴィインと風を切って去って行った様子は、完全に「昔思い描いていた未来」だった。

こういうことが、まあまあある。私たちは時代に寄り添い、ゆっくりゆっくり「今」まで来たものだから、別段驚きはしないが、しかし、よく考えたら「あー！」て叫びたくなるような、「昔思い描いていた未来」は、あちこちにあるのだ。

例えばパスモ。あれは何だ。キップのかわりになるのはまだなんとなく理解出来るけれど、あれで「ピッ」とやってジュースやガムや何やらが買えるのって、我に返ったらすごい。

パソコンで銀行の金を振り込むのって何だ。ゲンナマに触れもせず、パスワードを入れてカチャカチャやったら、もうどこかの口座に金が移動している。そもそも「パスワード」を使っているところが未来だ。この原稿を今からメールで送るのって、何だ。今目の前にあるこの文字たちが、何の何を伝わってダ・ヴィンチ編集部に届くのだ。QRコードって何だ。あの排水口のゴミみたいな模様が「情報」って、どういうことなのだ。赤外線通信って何だ。街のいたるところで男女が赤外線を飛ばし合ってるってこわい。

今になって横井庄一さんのような方が現れるとは思えないけれど、何十年かのブランクがあって現在を目の当たりにすると、声をあげるに違いない。

「めっちゃ未来やん！」

さて、こうやって未来の話をするとき、よくあげられる顕著な例が薄型テレビや携帯電話である。そして不可分に存在するのが、「これって藤子不二雄先生がほとんど予言していた未来だよね」と言う奴である。過去描かれた『ドラえもん』の道具の中にそれと酷似する道具があるという話だ。確率として、4人いたら1人は絶対に言う。私はそれを「薄型テレビや携帯電話などの進化の話をするときあるある」と呼んでいるのだが、あれはもう結構だ。飽きた。

たーとーえーるーなーらー

譬《たと》え話が下手な人がいる。

そういう人に限って譬えたがる。その事柄をそのまま言ってくれたほうが分かりやすく、話がはやいのに、「譬えるなら、ライオンが獲物を狩るときに……」や、「今の君は、三国志でいう○○みたいなものだよ」などと言って、言葉の寄り道をする。

私は非常にせっかちだ。自分の目的地まで、出来る限り最短で行きたい。地図を見ていて、「ここを曲がってー、ななめにはいってー」と考えていたら、「あー!」となって、出発地点から目的地までを、直線でギャッと繋ぎたくなる。リゾート地でのんびり読書など出来ないし、「ちょっと電気を消して、月の光だけで過ごしてみようよ」などという洒落た誘いも御免だ。

そんな私であるが、例えば話が興に乗り、とんでもなくいかす譬えを見つけたら、どうしてもそれを言いたくなる。つまり、譬え話には、どこか「どや?」感があるのだ。

「わて、うまいこと言うてまっしゃろ?」

確かに、素晴らしく分かりやすい譬え話を聞くと、大変心地いい。すとんと心に入ってくる。だが、下手な人の譬え話に限って「どや」感はなはだしく、挙句全然すっきりこないのだ。

今までの人生で一番すっきりこなかった「譬えるなら」がある。友人4人、居酒屋で酒を呑んでいたときのことだ。その居酒屋には本棚があり、オーナーが選んだ本が並んでいた。センスの良い本ばかりで、中にいかりや長介さんの『だめだこりゃ』という本があった。泥酔した友人のひとりは、すでに件《くだん》の「どや顔」で、「『だめだこりゃ』を置いてるこの店のセンスだよ！　分かるかなぁ？」などと一席ぶちだし、祈る私をよそに戦慄の「譬えるならー」を始めた。恐怖におびえながら聞いていると、これ以上出来ぬ「どや顔」で、彼は言った。

「この店はー、『だめだこりゃ』から零《こぼ》れた木漏れ日なんだよ！」

ものすごく見知った人だったけれど、思わず敬語で聞き返した。

「え、どういう意味ですか」

その人はもう一度、

「だからー、譬えるならー、この店はー、『だめだこりゃ』からー、零れたー、木漏れ日なんだよっ！」

と、同じことをゆっくり言った。

怖かった。

エキのこと

友人が自殺した。恋愛のもつれから、車で海に突っ込んだということだった。

知らせを聞いた夜、道を歩いていると、歩道橋の下から「んぎえええ」という、ものすごい声がした。「子猫だ」と思い、覗《のぞ》いたが、暗くて見えない。歩道橋の下には金網が張られていて入れないので、近くのホームセンターまで走り、ご飯と水、懐中電灯を購入、また走って戻った。現場にはおばあさんがいた。「手を伸ばしたら、逃げちゃって」と言う。「すわ道路に」と思ったがそうではなく、道路沿いにあった鉄道の社員寮に逃げ込んだということだった。なるほどそちらから「んぎえええ」が聞こえる。

おばあさんには「保護します」と告げ、インターフォンを押して、寮に入れてもらった。そこは電車の車庫も兼ねており、暗い電車が数台停車していた。絶叫を辿ると、物置小屋の下だ。社員さんたちは風呂上がりなのか、パンツ一枚の人が多かった。

子猫に手を伸ばしたら、逃げた。車庫の線路、寮のベランダ、そして最終的に掃除道具入れ。やっとのことで捕らえ、かばんに入れ、家に帰って来た。

翌日病院に連れていくと、生後2カ月くらいの雄だった。ノミと下痢がひどく、痩せ過ぎて、血液検査も出来ない。とりあえず下痢を治し体力をつけるのが先決と言われたので、投薬をし、下痢便を拭き、無理やりミルクを飲ませ、ご飯を食べさせた。体重は減り続けたが、子猫はずっと鳴いていた。というより、叫んでいた。母猫とはぐれ、車がゆきかう道路で、下痢便とノミにまみれて、知らぬ人間に連れ帰られ、それでも生きる気まんまんだった。

2週間経ち、下痢は回復、体重も増えてきた。血液検査はまだ出来ないので、エイズや白血病の可能性は残ったままだが、俄然元気だ。相変わらずの絶叫だが、私が近づくと、「呼んでないんですけどーっ！」と怒鳴ってきた最初に比べ、今は「遅いんですけどーっ！」と怒鳴る。抱くと、「この糞が」と罵《のの》りながらも「ぐるぐる」と気持ちよさそうだ。そして、「今度ひとりにしやがったら、お前、お前の……！」と、気になる発言を残して眠る。もう完全に王様だ。

猫の名前はエキにした。電車の車庫にいたから。エキは死ななかった。

友人には、もっと生きていて欲しかった。泳ぎがとても上手い人だった。

1カ月コーデ

女性ファッション誌の「1カ月コーディネート」なるものをご存じだろうか。数着の洋服をうまく活用して1カ月素敵に着こなそう、という趣旨だが、コーディネートを見せる際、ある女性の1カ月のカレンダー形式にするのが主流だ。「ある女性」は雑誌によって職業や年齢が違う。例えば20代前半女性がターゲットなら、「社会人1年生アキ」になるし、30代の働く女性向きの雑誌なら、「キャリア上昇中のカオル」になる。世代やターゲットによって、購入する洋服の値段や趣はもちろん、カレンダーの予定も違っていて、面白い。

まずは社会人1年生アキである。『○月×日　アキラ君とアイスホッケー観戦！　寒さ対策はしつつ、ショートパンツで彼の視線はいただき！』。ファーの耳あてをつけたゆるいお団子、アキは生足で、アキラ君とお洒落な洋物のお菓子を食べている。『○月×日　上司も交えた食事会。綺麗めワンピを着てきたけど、あ～あ、早く終わらないかなぁ』。ワンピースは黒だがやはり目を剝くほどのミニ丈だ。アキはいずれ婦人科系を病むだろう。冷えは女性にとって一番の敵、心配だ。

では、キャリア上昇中のカオルはどうだろう。『○月×日　取引先との大事な打ち合わせは、マスキュリンなスーツで』。光沢のある上品なスーツ、取引先は金髪碧眼《へきがん》の男性である。何の仕事か。『○月×日　女4人で箱根の温泉へ　黒のアクティブカーゴでリラックスモード』。カオルは頭にスカーフを巻くという、非常に肩肘の張ったお洒落で箱根へ向かう。温泉の中では皆裸だ。どうか己を解放できますように。

華やかなカレンダーを見ながら、私は妄想する。例えば、アキとカオルの未来はどうなるだろう。『○月×日　アキラ君が他の女を妊娠させてたみたい！　世を儚《はかな》んで入滅、袈裟《けさ》は今年インの黒で決まり！』。『○月×日　魔の月曜日、株価暴落で社内パニック、心を落ち着かせるためにナチュラルな白でコーデ』。

プロレス雑誌ならこうか。『○月×日　いよいよベルト奪還のチャンス。気合を入れてネルシャツは袖をひきちぎって！』。昆虫雑誌なら？　『○月×日　クロアゲハ捕獲！　アゲハが惹かれる派手色つなぎがラッキーアイテム』。それぞれ楽しそうだ。

そう考えると、私の1カ月コーデは地味だ。『○月×日　うっかり出たインターフォン、宗教の勧誘で苦笑い。4日間ずっと寝巻』といったところだ。改めて自分の職業を問いたい。

褒められたいの

人に褒められたい。チヤホヤされたり、「ほう！」と感心されたり、自分では思いもしなかった自分の長所を指摘されたりしたい。

だから友人に、「仕事しすぎて肩が凝って……」「昨日グラタン作ってん」などと言って、「頑張ってるね！」や、「ちゃんとご飯作って偉いね！」などと褒められる道を、自らナビゲートするのだが、誰も褒めてくれない。そういうとき、私はほとんどはっきり、友人を憎んでいる。

だが、この間、思いがけず褒められた。タクシーに乗っていて、運転手さんに、「いやー、お客さん、道のアシストが上手ですね！」と言われたのである。驚いた。もっと詳しく褒めてほしかったので、「え、どういうことですか」と乗りだすと、「道の説明が上手だし、このまま行っていいのかな、ちょっと聞いたほうがいいかなっていうちょうどそのときに、次の角を右で、とか言ってくれるんですよね。すごく気持ちいいですよ！」と。ああ、思いがけない！　運転手さんは続けた。

「今まで乗せた中で、こんなにナビが上手な人、お客さんでふたりめですよ。しかもね、ひとりめの人は、作家だったんですよね。お名前は何だったかなぁ、年配の男性だったけどねぇ。やっぱり言葉を職業にしてる人だからかなぁ、人の気持ちをくむのも、道を伝えるのも上手だったなぁ」

こんなことがあるのか！

私は彼に、自分も作家である旨を伝え、彼の「ナビうまい人は作家」という経験の強度をあげようかと思った。何より、彼の驚き、喜ぶ顔が見たかった。だが一瞬の逡巡の後、「作家ではないのにナビが驚くほどうまい人」という、より褒められやすい自分を選んだ。

「そっか、私は普通のOLですけど……」

「言葉」を職業にしているわけではなく、挙句「年配」でもないのに、ナチュラルにナビがうまい、いわば私は、「生まれついてのナビの天才」になったのである。仕事の関係で転勤してきたばかりで道に詳しいわけでもない、という駄目押しも忘れなかった。

それから私はタクシーに乗るたび、必要以上に「そろそろですよ」や「左車線に入っていたほうがいいと思います」などと声をかける。だがあの日のように、「ナビがうまい！」と褒めてもらえない。そういうとき、私はほとんどはっきり、運転手を憎んでいる。

認識の甘さ

数年前渋谷で、ある人とすれ違った。胸に「LOOK AT ME CAREFULLY」と書いたTシャツを着た男性だ。

「注意深く私を見てください」

望むところだ。彼は、お洒落な眼鏡をかけ、短髪で、レコード屋の袋を持っていた。何をするのや、何をしてくれるのや、興奮しながらしばらく後をつけたが、彼は人にぶつからないように歩くだけで、別段、何もしなかった。

腹が立った。

どうしてそのTシャツを買ったのか。その言葉が波及する周囲の期待値を、計算に入れておかなかったのか。

Tシャツに書かれてある言葉が気になるのは、私だけではないだろう。バーでアルバイトをしていたとき、可愛いウサギちゃんが「コロス」と言っているTシャツを着た外国人がカウンターに座ったときは、正直ひるんだし、何度も見ているが、主義なきチェ・ゲバラのTシャツも、やっぱりとまどう。だが、Tシャツはまだよい。脱げるからだ。

問題はタトゥーである。旅行で出逢うたび、外国人のタトゥーへの認識の甘さに驚かされる。特に、漢字を入れている人々だ。一度目のニューヨーク、地下鉄で、腕に「勉族」と彫った屈強な黒人と隣り合わせた。何それ。挙句、彼は私に「この漢字の意味って何?」と聞いてきた。パニックになった。意味わからんのに彫る? だが、相手は屈強な黒人である。「意味などない」と言って激昂されたら困るので、怖々「努力と……家族?」そう言っておいた。彼は満足そうだったが、こういった「無理くりにでも意味をつけてあげなくては!」という我々漢字使いの甘やかしが、彼らを増長させるのかもしれない。

笑い話に、「これ、日本語で神って意味なんだろ?」と言ってきた外国人の腕に、大きく「矢沢」と彫ってあったというものがあるが、あれは嘘ではないだろう。その程度の曖昧な情報でタトゥーを入れる人間はたくさんいる。それだけ、自分の体に墨を入れる、ということに対するハードルが低いのだ。

最近は日本人でも増えてきた、タトゥー。いずれ、わからない英語を「なんか格好ええから」という理由で入れ、意味を調べてみれば、「酢豚好き」とか、「子機みたいな携帯電話」とかだった、という落語も出来るようになるかもしれない。

「好みのタイプ」の正解

男性編集者に、「合コンで好みのタイプを聞かれたときに答える正解って何ですかね?」と言われた。あなたの真実のタイプは?と聞くと、「ガッキー（新垣結衣さん）ですっ!」と、キラキラした目で答えられた。0点だ。だが、まっすぐガッキーと言えるその柔らかい心に50点だ。「笑顔の可愛い子」などと言ってお茶を濁そうとしていない、彼の正直な心根が垣間見える。だが、その合コンに参加している女性陣は、一気に盛り下がるだろう。よもやガッキーと聞き「あたし、イケる!」と思う女性がいたとして、そのガッツには頭が下がるが、大概は「ガッキー言われたら……終わりやん」と思うはずだ。

色々考えた結果、どんなに綺麗な方でも、スタイルの良い方でもいいから、その場にいる女性陣より年上の人を言うべきである、というのが私の出した答えだ。例えば20代後半から30代相手の合コンでいえば、小泉今日子さんや鈴木京香さんなどである。誰も、絶対に彼女たちになれるはずはない、ないけれども、まだ、ガッキーのように

「若くて可愛い子」よりは、きらめきがある。少なくとも、この人は年齢で判断していないのだな、と思えるのだ。

あと、友人の意見として、姑息ではあるが、やはり合コンメンバーの雰囲気を考慮するのは大切だというものがあった。年齢をとっぱらって話をすると、例えばふんわりした雰囲気の女性たちの前で、「土屋アンナさん」と言ってはいけない。また逆に、ゴリゴリにメイクした人たちの前で「永作博美さん」も控えたほうがよい。嘘をつく必要はない、その場の雰囲気に合った人の中でのタイプを言ってやれば良いのだ。

以前バイトしていたバーで、知り合いが合コンをしていた。彼は好みのタイプを聞かれ、「ペネロペ・クルス！」と答えていた。正直だ。真実だ。その柔らかい心に50点だ。だが、4畳一間の友人の家へ行き、「お昼何食べたい？」と問われ、「フォアグラ」と言うか？　何度も言うが、嘘をつく必要はない。4畳一間の友人宅にありそうなものの中から、最高に美味しいものを言ってくれれば良いのだ。オムライス。やきそば。卵かけごはん。いくらでもあるだろう。

安くて美味しい私たちを、どうか忘れないでほしい。

フランケンと現実

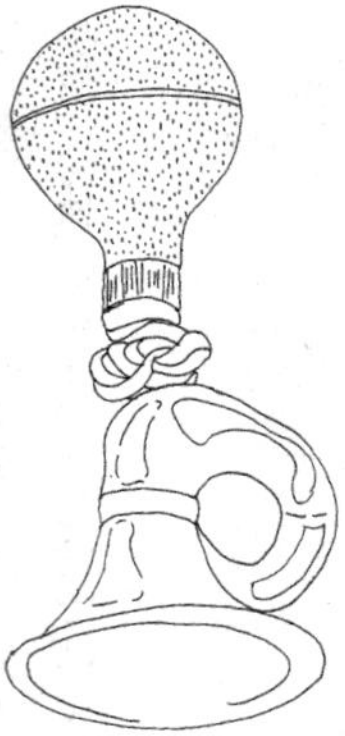

夏休みはいつも、大分の田舎にある祖父の家に行った。

祖父の家は古い木造の2階建てで、急な階段の先がすぐ扉になっている。その扉を開けると、10畳ほどの部屋があり、私たち家族はいつも、そこで川の字になって眠っていた。夜になると街灯がないので真っ暗になり、四面楚歌の逸話のように、家の周りを取り囲んでいるカエルの鳴き声が聞こえた。

小さな頃、私はひとりでその階段をあがることが出来なかった。怖かったのだ。何がというと、階段上ってすぐ扉、というそのシチュエーションである。その扉を開けると、光を背にしてフランケンシュタインが立っている、と思っていた（大人になってから、ビクトル・エリセの『ミツバチのささやき』を見て、びっくりした。人は皆、幼い時代に、フランケンの洗礼を受けるのだろうか）。

それにしても、何故フランケンシュタインだったのだろう。映画か何かを見たのだろうが、もっと日本的な、妖怪やら幽霊を怖がってもよかったはずである。祖父の家は完全な日本家屋だった。

大分の田舎にいるわけのないフランケンを、震えるほどに怖がっていた私だったが、田舎に帰る飛行機に乗ることは、まったく怖くなかった。両親は飛行機が少しでも揺れたら「ほれ見たことか！」という顔をし、お守りを取り合って怖がっていたが、私はどれだけ揺れても、大きな音がしても、全然怖くなかった。「落ちること」に、現実味がなかったからだと思う。扉の先のフランケンシュタインに怯える想像力は持っていても、飛行機が落下し、死亡する想像力は持っていなかったのだ。きっとその頃の私は、きらきら輝いていたと思う。

今はフランケンシュタインなんて、何も怖くない。でも、飛行機が怖くて仕方がない。少しでも揺れたら「落ちる」確率を考え、シートを摑む。飛行機だけではない。人に嫌われることが、災害に巻き込まれることが、孤独に死ぬことが、怖い。襲いかかってくる現実が怖くて、仕方がない。だから子供を見ると、私はたまに泣く。今では、あなたたちのようにフランケンシュタインをちっとも怖いと思わないけれど、だからって無敵になったわけではないのだ。

退化の神輿

先日、友人から電話があった。かなり意気消沈しているようだ。聞くと、「会社の子にえらい嫌われてしもてん」としおらしい。

聞けば、彼女は同僚の女性に酔った勢いで罵詈《ばり》雑言《ぞうごん》をぶつけて、えらいこと嫌われてしまった、とのことだった。

私は大変道理の分かっている作家だ。友人に丁寧にさとした。

「大丈夫。まずはその人が自分のこと嫌っている2倍くらいのボルテージでその人のことを嫌うことやな。簡単に言うたら逆ギレというやつやけども、憎まれるより憎んでいるほうが気は楽やで。あとは先に心の中で、許す、て思っていることやな。こっちが悪いとか関係あらへん、自分を憎んでる人はとにかく許してあげる、と思ってたら、自分がとても器の大きな人間に思えてくるよ」

えっへん、さすがは大変道理の分かっている作家だ。しかし、彼女は言った。

「いや、うちが聞きたいのは、相手にどうやったら許してもらえるか、ていう……」

はっとした。そうだ。私の言うのは、自分を嫌っている人に二度と会わない体《てい》での魂の慰め方だった。友人は、会社で毎日「同僚」と顔を合わせるのだ。具体的な解決策が欲しいのである。

我々の職業では、毎日同じ人に会うことなど滅多にない。会うとしても編集者、それも、本が出来あがってしまえば、しばらく会わないことになる。つまり、誰に会うにしても、なんとなく「今日で終わり」感がある。

確かに、相手が毎日会う人となると、相当の緊張感があるし、そのことによって自分の相手に対する言動に、配慮が生まれるのではないか。

「今日で最後じゃー！　わっしょい！　わっしょい！」と鼻息荒く、失礼の神輿《みこし》を担ぐこともないのではないか。

大変道理の分かっている作家の私だが、人間として退化しているのかもしれない。

廃棄する言葉

私の部屋は、とても綺麗だ。

私のせいか作品のせいか、「あいつんち絶対汚いやろ」と思われているふしがあるが、いいえ、綺麗です。猫がいるものだから、マメに掃除をするし、クローゼットの中も、洗面台下の棚も、冷蔵庫も、自分が把握できるものしか入れないようにしている。買い物に行くときは、あるものを確認してから、必要なものだけを買い、ハンガーと靴箱を増やさないようにして、いらなくなった服や靴は、親戚の子に送るか、思い切って捨てる。

昔はそうではなかった。台所の引き出しには、割り箸が数十本、冷蔵庫には賞味期限の切れた調味料がぎゅうぎゅう、着ない服、店でもらった紙袋、電気屋なんかでついてくるプラスチックの取っ手など、なんでも取っていたし、家の中のものを把握するなんて無理、どこかをあされば出るわ出るわいらんもん、という有様だった。捨てることが出来なかったのだ。捨てようとする際、ある言葉が頭をよぎるのである。

「ちょっとした」だ。

「これ、ちょっとした小物を入れるのに使えるかも」

「ちょっとした旅行に使えそうだわ」

ないよ。

ちょっとしたシチュエーションなんて、ないよ。

私はまず、この「ちょっとした」という言葉を捨てた。そうすると、とても気持ちが良かったのである。

私は嬉々として様々なものを捨て始めた。いったん『TOY STORY 3』を見て泣きながら土下座するはめにはなったが、それでも家の中のものを把握しているのは、素晴らしいことだった。憧れていた「シンプルな暮らし」を手に入れたのである。


だが、この生活を続けるうち、ある弊害が出て来た。「いらぬものを置いておきたくない」がために、少しでも物が溜まると、気になって気になって仕方がないのである。

例えばお土産にもらった韓国海苔が三つほど溜まると、たまらなくなって深夜にバリバリと食べてしまうし、送ってきてくれた雑誌なども、数日のうちに無理やり隅々まで読み切ってしまおうとする。清潔と健やかさはイコールだと思っていたが、必ずしもそうではないらしい。

私がこれから捨てなければならないのは、「絶対に」とか「やるからには」だろう。捨てなければならないものは、いつまでもついてくる。

さんづけのどや感

作家になってから、他の作家に会えるようになった。

表向きは「初めまして」と冷静に挨拶をするが、心の中では「★★（作家名）や！」と興奮している。この★★の部分は呼び捨てだ。私にとって作家というのは著名人、さんまやタモリなどと同等なのである。

だが、一度お会いすると、さすがに呼び捨ては出来ない。その人と対峙《たいじ》しているときや編集者に話すときは、「★★さん」でももちろん正しいが、仕事と関係のない友人に彼らのことを話すとき、困る。

例えば、駆け出しのタレントが参加した同窓会を想像してほしい。

皆が「さんまに会った？」「タモリは？」なんて聞くなか、「さんまさんはね」とか「タモさんとは」など、「さん」づけ、またはあだ名で呼ぶことで、「お前らと違う。俺は芸能人なんだ」と誇示しているような状況。同じだ。

「山崎ナオコーラが好き」「穂村弘の本ばかり読む」と言う友人に、「直子ちゃんは」

や「穂村さんの」と答えるとき、私の顔に、若干でも「どや感」が出ていないだろうか。

まだおふたりは、仲良くさせてもらっているからいい。私は、お会いしたことのない作家についても、同業であるし、という言い訳をして、「さん」づけをする。本当は私にとって、町田康は町田康だし、筒井康隆は筒井康隆、やはり、さんまやタモリ、ひいてはナポレオンなんかと同じだ。なのに「さん」づけ。「町田さんは」と言うとき、私は絶対嫌らしい顔をしている。なに近しい感じ出しとんねん。

ややこしいのが、同業でも、太宰治のことなどは、「太宰」と、呼び捨てであることだ。三島も川端もそう。彼らは死んでいるから？　いや、それを言うと、アーヴィング、オースターなどにいたっては、生きているのに呼び捨て。外国人だから？　でも、太宰さん、オースターさんって、なんだか……。

「さん」づけを統一する法律が出来ればいいのだ。「さん」づけは、難しい。「さん」をつけたからといって、万事正解になるわけではない。

たまに、ショップカードの地図に、「ファミリーマートさんを左」とか書いてあると、なんか腹が立つもの。それを見て、この店、謙虚！　またこよっと！　なんて、思わないもの。

体毛カースト

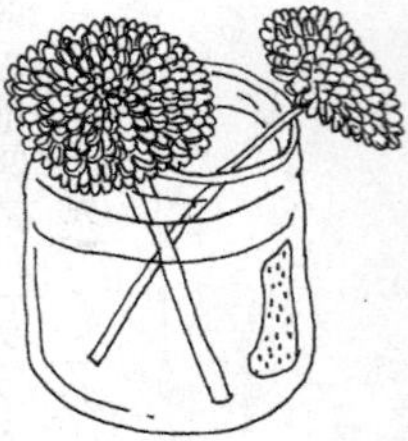

まつ毛の美容液を買った。高かった。

家に帰って早速、鏡を見ながら、うふふ、丁寧に、丁寧に、それを塗った。大切に育てるからね、と思った。すると、鼻からひょこっと顔を覗かせている鼻毛の少女と目が合った。鼻毛の少女は、恥ずかしそうに体をくねらせながら、私にささやいてきた。

「それ、私にも塗ってくれないかしら……?」

私は彼女を、小さなハサミで切り落とした。

「ぎゃあああああっ!」

断末魔の声をあげ、彼女は死んだ。

分かっていたことだが、私は自分の体毛に対して、優劣をつけすぎている。髪の毛とまつ毛のことは、蝶よ花よと育て、大切にするのに、他の毛に関しては、切り殺すか剃り殺すか、抜き殺すという暴虐を、もう20年ほど働き続けているのだ。腋毛《わきげ》たちに至ってはレーザーで焼き殺した。

「ぎゃあああああああっ！」

嫌な臭いを発しながら死んでゆく彼らを見て、比叡山の坊主を焼き打ちにした信長も、このような気持ちだったのだろうか、と、感慨にふけったものだ。嘘だ。

だが、完全に根絶やしにしたはずの坊主が、何人か生き残っていることがある。たまに腋から、根性のある毛がぴんと生えているのだ。さて、信長ならどうするだろうか。私は迷わず毛抜きを手にし、抜いた。坊主は、

「この恨みはらさでおくべきかーっ！」

と叫び、息絶えた。ははは、吼《ほ》えろ吼えろ、根絶やしにしてくれるわ。

ホトトギス殺したるわ！

私は来世できっと、腋毛の子孫たちに命を狙われることになるだろう。それでも構わない。腋毛はいらないのだ。

眉毛は抜かれなれているのか、毛抜きでちょっと引っ張ると、すぐに抜ける。その聞き分けの良さが憐れだ。もっと戦え、と思う。『北斗の拳』で、ラオウが襲った村の村人が、殺戮者《さつりくしゃ》に対して笑顔を絶やさない、というシーンがあった。私の眉毛は、その村人のようである。私は少年を捕らえて、こう叫んだラオウの気持ちが分かる。

「戦え！　戦わねばその震えは止まらぬ！」

だが、眉毛はにっこりとほほ笑み、震えながら、私に己を差しだすのである。

今回のエッセイ、何が言いたかったかというと、つまり、私は今、とても幸せです。

子を産む人

最近、私の周りで出産ラッシュだ。

赤ちゃんは小さい。何度も見たことあるが、何度見ても、「こんな?」と驚く。その小ささで、爪や手相があるのが信じられない。そして、あんな大きな声で泣くことが信じられない。

昔、Aという友人の出産に立ち会ったことがある。Aは2日前から陣痛に苦しみ、出産数時間前に私が行ったときも、ものすごく痛がっていた。私を見ても、目の焦点がほとんど合っておらず、ずっとうめいていた。なんかもう、動物みたいだった。

看護師さんからテニスボールを渡され、「陣痛が始まったら、これで妊婦の肛門を押さえてあげてください」と言われた。胎内で下方にものすごい力がかかるので、肛門が飛び出そうになるらしい。それを押さえてくれと言うのである。Aの陣痛は数分おきにくる。私はそのたびに、うめくAの肛門にテニスボールをあてがった。友人の肛門にテニスボールをあてがう経験など、もちろん初めてだった。結構な力が必要で、数時間、Aの肛門を押さえ続けた私の腕は、翌日ひどい筋肉痛になった。

私はそれでも、Aに「痛いわ！」「もっと強く！」と怒られ続けた。普段はふにゃふにゃして、とても優しい人なのだが、そのときは般若のような顔をして、怖かった。事前に、陣痛の様子を撮影しておいてね、と言われたので、その通り、苦しむAの写真を撮っていたら、シャッター音が神経に障《さわ》ったのか、「じゃかましゃぁあああああああああっ!!」と怒鳴り、「A、がんばれ！」と声をかけても、「じゃかましやぁあああああああっ！」と怒鳴る。怖かった。

Aは無事、可愛らしい男の子を産んだが、私を滅茶苦茶怒ったことは、全く覚えていないそうだ。出産って、すごい。Aのあの、獣の目。

赤ちゃんが大きくなって、Aのことを「ババァ」とか言い出したら、テニスボールでおもいっきり殴ろうと思う。

潔く

小林製薬がすごいんだ。

以前からCMを見て、「！」と思っていたのだけど、数あるCMのうち、「！」となるCMが、すべて小林製薬のものだと気付いた。小林製薬のネーミングセンス、それがすごいのだ。

最初に気になったのは「のどぬ〜る」だった。のどに塗るから、のどぬ〜る。うん、せやね、せやんね！　熱をさますのは「熱さまシート」で、傷痕を残したくないから塗るのは「アットノン」だし、お腹に溜まったガスを止めるのは「ガスピタン」だ！

検索したら、「小林製薬　ネーミング」という予測検索が出た。ははーん、皆、気になっているのだな。

さてホームページである。あった、あったよ！　凝りをほぐすから「コリホグス」、泡で傷口を洗浄する「キズアワワ」、さかむけをケアする「サカムケア」、蓄膿症を改善してゆく「チクナイン」、耳鳴りを改善する「ナリピタン」、排便を促す座薬は「ツージーQ」、辛い排尿痛に「ボーコレン」、かかとを滑らかにする「なめらかかと」、シミをケアする「ケシミン」。きら星だらけだ。

潔い。潔いのである。

ああ、商品名決定会議を見たい！　その潔さにあやかりたい！

我々の仕事でいえば、小説のタイトルが商品名だろう。「原稿用紙300枚くらいで笑かして考えさして最後に泣かす小説」とつけるようなものだ。あ、何だったら、ペンネームも商品名だ。そう考えると、キャンドル・ジュンさんってすごい。ご自身のやられていることを、全身全霊で背負っておられて、滅茶苦茶格好いい。芸人がコンビ名に「面白いこと言うて絶対に皆を笑わすふたり」とつけるようなものだ。歌手なら「モノスゴクウタウマイ」だろうか。

私は「小説加奈子」とは、絶対に言えない。そこまでのものを、とてもじゃないけれど背負えない。「散文加奈子」とかにして、お茶を濁してしまうだろう。

弱虫！

どやどやどやどや

ニュースを見ていた。キャスターが、「雨が降っていたようです」という言葉の後、わずかな時間を置いてから、ニュースを読みあげていた。雨の中、男性が運転する車が事故に遭ったということだった。

しばらく考えた。

普通、このニュースを伝えるなら、変なタメなどせず、「今日未明、男性の運転する車が、雨の中、事故に遭いました」とかではないか。「雨が降っていたようです」なんて、小説の冒頭みたいだ。「事実をそのまま伝える」という事務的な行為から、「表現」という行為へ、少しはみ出している。「雨が降っていたようです」も、結局事実ではあるけれど、その使い方、位置が、もう、彼、ひいては台本を書いた人の「工夫」、すなわち表現になっているのだ。

仕事柄、インタビューを受けることがある。インタビュー記事は、基本、私が言ったことをカッコにくくって、忠実に書いてくれている。その合い間に、ライターさんの感想というか、思いを書いてくださっているのだけど、中に、完全に「どや文章」があるときがある。「ああ、この文章書きたかったんやろなぁ」と思う。情報の中の表現だ。洋服でも、シンプルな白シャツの裾が凝っていたりするのを見ると、「おお、ここがデザイナーさんの『どや』や！」と思う。機能の中の表現だ。

小説家は、書くもの全部「どや」だ。

事実も機能もないから、「どや文章」の中でさらに「どや言葉」を際立たせたり、「どや文章」に目を止めてもらうための「どやタイトル」を考えたりする。なんて自己顕示欲の強い……、と、わが職業ながら、ぎょっとする。

チベットに行ったとき、僧侶が作ったバター彫刻を見た。滅茶苦茶精巧で美しかった。だがその美しさは、僧侶が自分のために表現したものではなく、仏様のために作った、ただ信仰のためだけに作った、というところにあった。彼の技術を少しでも「表現」に使えば、とんでもないものが出来、個人として評価されるのに、それをしないこと、個性を消していることに感銘を受けた。翻《ひるがえ》って、やはり自分の職業のエゴに、軽く震えた。

皆、あたしの文章を読んで！　感銘を受けて！　そしてあたしを見て！

筆に乗せて、結局私はそう叫んでいるのだ。

というこれも「どや文章」。というこれも、という、永遠のループだ。

努力

前々回、前回と、小林製薬の潔いネーミングや、チベットのバター彫刻の個性を封印しているが故の美しさについて書いた。なんだか最近、自分の職業の「見て！」感を恥ずかしく思っているのだろうか。

そんな折、ある駅に用事があって、赴いた。用事が終わると正午、お腹がすいたので、お昼ご飯を食べていこうと思った。私は、大概ごはんは家で食べる。お店にひとりで入るのが苦手だし、入りやすいチェーン店でごはんを食べると、楽だし美味しいし、それが習慣になってしまいそうで怖いのだ。だがその日は、いつも行かない駅、しかも、気分が良かったので、よし勇気を出して、この街の美味しい昼ごはんを食って帰るぞ！という気になったのである。チェーン店は避けるという制約ももうけた。なんか地元っぽくて、美味しそうなところにするのだ。そのような目で見ると、見知らぬ街は面白かった。

そして、ある店を見つけた。「コーヒーとカレーの店」と書いてある。古びた外観、シンプルな店名。ここや、と思った。いつもなら絶対に避ける店だけど、今日は違う。

店に入ると、客席に座って何か読んでいたおばさんが「あ、いらっしゃい」と言ってくれた。キッチンには夫だろう、眼鏡をかけた渋い老人。メニューには、カレーと、飲み物つきのカレーセットしかなかった。この雰囲気、絶対美味しいやん！　すでに大成功だった。

カレーを頼むと、サラダとスープがついてきた。あれ、このドレッシング、業務用サウザンアイランドの味だ。スープも、沸騰したお湯にマギーブイヨンをとかしたもの。でもここは「カレーとコーヒーの店」だ。サラダやスープは余計なものなのだ。大丈夫だ。

数分後、出てきたカレーを見て絶句した。まるっきり、実家のカレーだ。しかも、味もものすごく普通だった。ええのん。それでええのん。まさかと思ったが、コーヒーを頼むと、市販のコーヒーフレッシュがついてきた。もろにインスタントの味だった。ええのん。こだわりなくてええのん！

だが、かえってそのさまがきらきらして見え……、たわけもなく、いやもっと努力しろや！と思った。

私は自分の小説を、皆に面白いと思ってもらえるよう、一生懸命書きます。読んで読んで読んで！

BR譬え

『バトル・ロワイアル』という作品がある。

私は原作の高見《たかみ》広春《こうしゅん》の小説も読んだことがあるし、いえの映画も見たことがある。どちらにもひどく戦慄した。ビートたけし演じる教師の「今から皆さんに殺し合いをしてもらいます」という乾いた台詞はことに恐ろしく、自分がそのような状況になったときのことを、34歳になった今でも、度々思い出す。怖くて怖くて、トイレに駆け込み、勢いよく放尿しながら、「ああ良かった……、バトル・ロワイアル中じゃなくて」と思う。夢に見たことも一度ではない。大抵、「ぁあっ！」という自分の叫び声で目を覚ます。

そのように常々「そのこと」を考えているので、誰かに会った際、「バトル・ロワイアルでいうたらこういうタイプや」と、「BR譬《たと》え」をしてしまう。例えば「ニコニコ」というオノマトペがつきそうな満面の笑みながら、指に髑髏《どくろ》のリングをはめている人に会った際には、「あ、殺人ゲーム楽しむタイプや！」と思うし、ものすごく早口で、ものすごく噛みながら話す人に会った際には、「こいつ、やいやい言うて、教室で真っ先に殺されるタイプやな」と思う。

私の周囲には、「教室を出てすぐ屋上に上り、ボーガンで我々を狙い打つ」タイプもいるし、「殺し合いとか嫌やなぁ、あーあ、とため息、とりあえず腹ごしらえしよ、言うて口に入れた木の実が毒で死ぬ」タイプ、「殺し合いなんてやめようよ！　と拡声器で叫びつつ、ちょっと怪しい動き見せたらマシンガンで阿呆ほど撃ってくる」タイプなどがいる。

私は自分のことを、「殺し合いなんて絶対に嫌、絶望して自ら死を選ぶ」タイプだと思っていたのだけど、友人には、「我々を殺す気満々で、斧を振りかざして走ってくるが、木の根につまずいて転び、皆にぼこぼこにされる」タイプだと言われた。彼女らは、本当に友人なのだろうか。

皆さんも、自分のことを周囲に「バトル・ロワイアルでいうたらどのようなタイプ?」と、聞いてみてほしい。自分が真実どう思われているかが分かるはずだ。

クソの勝ち

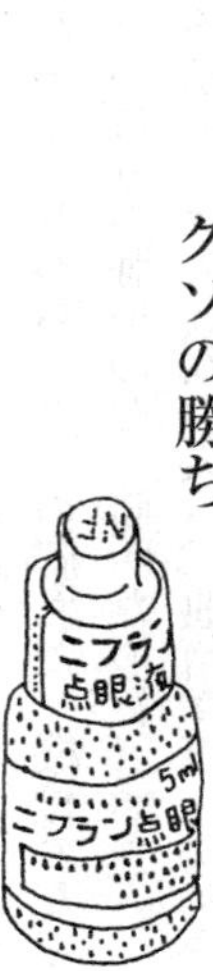

スマートフォンに替えた。携帯電話のボタンが効かなくなったのだ。

スマートフォン、いうて、何がどれや分からんので、店頭にゆき「あいほんください」と言った。すると、店員が「要領は？」と聞いてきた。「要領言うたら店員が考えることと違うんけ」そう思っていたら、どうやら「容量」のようである。えーと、知らん。他にも店員は何やアイホンのなんとかかんとかを、なんとかかんとか喋っている。知らんて。

つまり私は、そういう機械の類のことがまったく分からないのだ。パソコンを買いにゆくときも「新しいやつください」としか言えないし、「ぎが」とか「ぷろばいだ」とか言われても、もう知らん知らん知らん。とにかくアイホンくれ、そして、今までの携帯電話のメモリを移してくれ、そう言ったら、「電話帳しか移せません」。やれやれ、みたいな顔をしている。ほなら電話帳移してくれ、そう言って新しいアイホンを受け取った、後、「私どもでは出来ないんです（やれやれ）」ときた。「個人情報があるので、お客様でやっていただかないと（やれやれ）」と。先に言えや。「助けてくれないんですか」と言うと、説明書を渡され、「このページを見ながらやってください（やれやれ）」。仕方がないので、店内のソファに居座って、電話帳かんたんなんとか、というものをした。

出来ない。

全然出来ない。

ちらりと見ると、店員同士でいちゃいちゃ喋っていて、こちらを見向きもしてくれない。もうここで号泣したろかしら、そう思ったが、我慢して外に出た。ありがとうございますも、言われなかった。出た途端、涙が出てきた。自分が情けなくてかわいそうで、涙が止まらなかった。そしたら、白い靴で犬のクソを踏んだ。というより、つま先で犬のクソに突入した。

私は本格的に号泣した。死んだろか、と呟いた。

でも、思った。犬のクソを踏んだときのほうが、「かんたん電話帳なんとか」が出来なかったときより、最低だった。悲しかった。だから、クソの勝ちだ。機械のなんとかかんとかより、出来たての、犬のクソのほうが強いのだ。勝ちなのだ。

クレジットカードが作れない人へ、ぷろばいだに入れない人へ、他諸々の「なんやようわからんこと」で弾かれてる人へ、大丈夫やで、この世界は、カスでも命のほうが勝ちやねんで。圧倒的に、クソの勝ちやねんで。

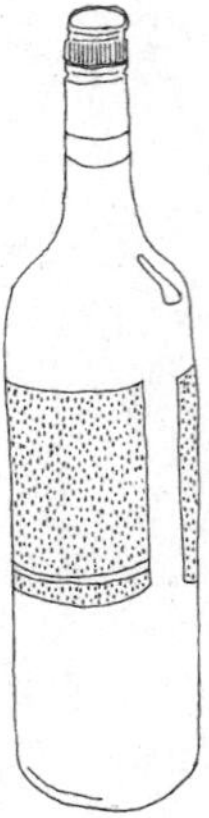

何故なら私は

古い友人から、久しぶりに電話がかかってきた。

彼女は母である。昔は、他にも数人で仲が良かったが、それぞれに子供がいる専業主婦、ママ友との付き合い方や家事の煩わしさ、可愛すぎるわが子の成長、などの会話が自然多くなり、全く違う境遇にいる私は、なんとなく彼女らとは疎遠になっていた。なので数年ぶりの電話はとても嬉しく、私は携帯電話を持ちながらはしゃいだのだった。

だが、ひと通り盛り上がった後は沈黙。ちょっとその沈黙が不自然なほどだったので不安になり、なんかあったん、と聞いた私に、彼女は、「こんなこと、あんたにしか言われへんねんけど……」と切り出してきた。彼女は私に、相談ごとがあったのだった。紙面には書かないが、けっこう、かなり、えげつないことだった。正直引いた。

だが、「ううむ」と唸ったのは一度きり、私は己の動揺などおくびにも出さず、彼女の相談を「よくあること」のテンションで聞き続け、道理の分かったような声で、アドバイスまでしたのだった。何故か。「作家」だからだ。

彼女は、私の膝《ひざ》が乾燥して真っ白になっていたり、キスではなく、好きな人と同じクラスになることをAだと言っていた時代を知っている。つまり私が、友人たちの中でも、えげつないことに対する耐性がなかったことも知っているはずである。なのに数年経っての、突然のえげつなすぎる相談。それは私が「作家」だからなのだ。どんなえげつないことでも、「なるほどね」と受け流す強さを持っているはず、思いがけないアドバイスをくれるはず、何故なら「作家」だから、そう思っているのだ！　どうしてそう思うかというと、私自身「作家」に対して、そのようなイメージを持っているからだ！

私は全力で、そのイメージに乗った。

電話を切った後、パソコンに向かったが、動揺して何も書けなかった。

正直になろうと思った。

センスあるコメント

公開前の映画や発売前の書籍の、推薦コメントを頼まれることがある。大体が30から50文字ほど、パンフレットや書籍の帯に名前と共に掲載される。これが、とても難しい。

その映画や書籍がいかに面白いか、是非それに触れてほしい、という旨をその文字数で伝えなければいけないのだが、ここで邪魔になるのは、「なんかええこと言いたい」という自意識である。「西加奈子」という自身の名前が載るからには、誰かが読んで「センスあるやん？」と思われたいのだ。だが、いらぬ自意識で書いたコメントは、「この小説には、一陣の風が吹いている」……え、どういう意味？みたいな感じ、結局その作品の持つ魅力を全く伝えていないという結果になる。そういうことを極力戒めるようにはしているのだが、どうしても、格好つけたくなってしまうのである。ヒネリが効いていて、なおかつ深遠で、とにかく、センスありそうに思われるやつだ！

内容的に難解な映画などは、下手に張り切る。のちにパンフレットを見て、コメントを寄せている人間同士、「なんかええこと言う合戦」みたいになっていて、それに参戦し惨敗している、「西加奈子　作家」を見て、絶望する。

もう、「めっちゃおもろい、絶対読んで（観て）！」というような、まっすぐなコメントのほうがいいのではないかと思うのだけど、悲しいかなそれが許されるのは、元々センスのある人だけだ。絶対に格好いいコメントが出来るはずの人がシンプルに叫ぶから、魅力が増すのである。

本当は、どんな知性あるコメントも、素晴らしい作品も、お腹《なか》を空《す》かせた人がおにぎりを頬張《ほおば》ったときの「美味しい！」には適《かな》わないということを知っている。なのに逡巡《しゅんじゅん》するのは、それが残るからだ。文字となって印刷物となって残ると、途端に表れる自意識、しかもそれを職業としている私。

色々な道が、色々険しい。

大人になる瞬間

字が汚い。汚い、というレベルにも、達していないように思う。ある編集部は、私からイラストや原稿の類が宅配便で届くとき、宛て書《がき》の文字に騒然とするらしい。自分でもそうなるだろうと思う。

私たちが小学校の頃、文字をクッキーに模して書くクッキー文字や、文字をふくらませて書く袋文字などが流行《はや》った。私はそれらを書くのが、異常にうまかった。クラスメイトに、名前を書いて、とよく頼まれたし、学級文集のタイトルなども、書いていた。今でもサイン本を書くときなど、この袋文字を駆使すると、皆に「すごいですねぇ」と言われる。なんとなく恥ずかしい。小学校のときにすごいと言われたことを、いまだにし続けているなんて、まったく成長していないということではないか。実際、私の文字は、小学校のときと、ほとんど変わらない。

だから、結婚式の記帳などは、本当に苦痛だ。目の前で可愛い女の子が見ていたりすると、なおさらである。上手に書こうとするのは諦めて、かえって枠ぎりぎりに書いたり、大きく左右に振れた文字を書いて、「奔放な人」を演出、なんとか誤魔化《ごまか》している。隣で私より明らかに若い男の子が、綺麗な字で記帳しているのなんかを見ると、素敵だなと思う前に、ほとんど憎む。こういうところも成長していない。

文字というものは、いつか、自動的に「大人の字」になるのだろうと思っていた。「大人」になった瞬間、母や学校の先生が書く、あのしゅっとした、草書体の、大人の字になるのだと思っていた。だが、ならなかった。

それどころか、「大人」になる瞬間すら、経験していない。成人式というものがあるけれど、あれを経験したからといって、「今この瞬間、大人になった」と思う人なんて、いるのだろうか。何だったらいまだに「大人になったら」と思ってしまうくらいだ。私は今年、土方歳三が死んだ年齢である。土方は、字がうまかったのだろうか。

地球の「ついで」

季節はずれの大きな台風がやってくるというので、早めに夕飯の買い物をしておこうと出かけた。異変に気付いたのは、買い物から戻る途中である。膝が痛いのだ。右膝の内側の部分が、歩くたび、ぎし、ぎし、と痛む。変な体重のかけかたでもしたのだろうか。気にしないでいたが、夕食を作る段になって、本格的に痛み出した。ぎし、ぎし、どころではない。みしぃ、ぐぎゅ、ぎゅあ、という感じだ。何これ。ソファに座って、しばらく考え、あ、と思い至った。これって、古傷が痛むというやつではないか？

雨が降ると、昔怪我《けが》をした器官が痛むと、聞いたことがある。台風が近づいている今、気圧が変わり、私の古傷が痛み出したのだ。確かに私は、1年前、まさにこの部分のじん帯を損傷した。

仕事でブータンに行き、登山をすることになった。その体力作りのため、トレッキングシューズで街を歩いたのだが、二度転び、二度とも同じ部分を強打したのだ。

腫れあがった右膝をひきずって形成外科に行くと、医者は「あはーだめー」と笑った。注射器2本分の血を抜かれ、「登山どころかブータンに行くことも無理」と言われた。泣いた。だが私はやった。こうなったら膝がつぶれてもかまわん、というマサ斎藤的精神で、ブータン行きどころか、標高3000メートルの登山を敢行したのだ。その名誉の古傷が、まさに今、痛み出している。私は感慨深い思いで、膝の痛みを味わった。

気圧に影響されるなんて。

鉄骨の家に住んでたって、ナノレベルから空気を清浄していたって、私は、地球という大きな存在の、「ついで」のようなもの、抗《あらが》っても抗っても、どうしようもなく翻弄《ほんろう》されてしまう、小さな小さな生物なのだなと思った。

そういえば膝の血を抜き、絶対安静と言われた午後、泣きながらリビングで横になっていると、あの地震が起こったのだった。

あれから、1年以上経つ。

泣き女

よく泣く。すごくよく泣く。あ、と思ったときにはもう涙が出ていて、その涙に自身で「泣いた！」と盛り上がり、さらに泣く。

『TOY STORY 3』や、『カールじいさんの空飛ぶ家』では、テレビのCMで泣いた。映画館に行っても、本編が始まる前のさまざまな映画の予告で、もう泣いている。まあ、予告は泣ける映画であることを知らせるためにドラマチックに編集してあることが多いので、それは仕方ないと思えるが、『となりのトトロ』なんかは、テレビで放映が始まった瞬間、「猫バスがメイを探すあの場面が……」と、泣けるところを思い出し、先回りして泣く。

泣きたいだけなのだろうか、だとしたら、回数が多すぎる。

泣きたがりすぎる。

大体、子供、老人、動物、などのキーワードがあれば、脳みそはもう「泣くで、泣くで?」と、ハザードランプを点灯させ始める。そこに「ひとりぼっち」とか「頑張ってる」などの追い討ちがかかると瞬殺だ。泣く泣く。

私は特にこの「頑張ってる」というキーワードに弱い。老人や子供、動物でなくても、例えばオリンピックや甲子園の開会式、入場してくる選手を見て、「この日のためにうちが想像もつかへんくらい頑張って……」と思うと、泣けてきて仕方がない。散歩中でも、洗濯物が干してあって、ゴーヤを育ててあって、という団地の窓々を見ていると、「一部屋一部屋にそれぞれの人生があって、それぞれが頑張っていて……」となり、泣く。無理矢理「頑張っている」ことにされ、住民の方々はものすごい迷惑だ。私の泣き顔を見て、ぎょっとしている通行人も気の毒である。

歳を取ると、涙腺が弱くなると言う。私は現在35歳だ。自分の50歳、80歳が恐ろしい。「毎日毎日、こんな風に回されて、でも何も言わず頑張って……」と、ドアノブの前で号泣しているかもしれない。

気になるコピー

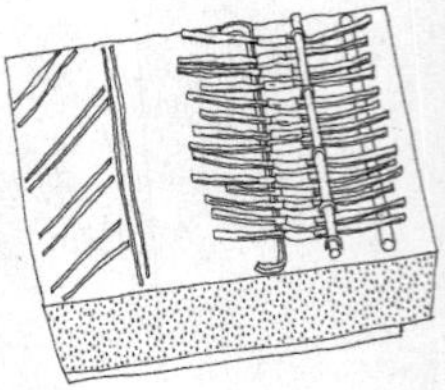

コピーを見るのが楽しい。正式名称はキャッチコピー、例えば映画や音楽、品物など、何かを売りだしたいときにつける、煽《あお》り文句である。私は、サントリーのBOSSという缶コーヒーのコピーが好きだ。「このろくでもない、すばらしき世界」。すごくいい。疲れたときにこれを読んだら、うっかり泣いてしまいそうだ。だが、だからといって、「じゃあBOSS買おっと」とはならない。缶コーヒーが苦手だからだ。ごめんね。

でも、映画であると、「お?」と思ったコピーのものは、観に行きたいな、と思うし、すでに見た映画のコピーを改めて知り、「そうそう、分かってるやん!」と、製作者目線で納得したりする。例えば大好きな『となりのトトロ』は、「このへんないきものは、まだ日本にいるのです。たぶん。」。すごくトトロっぽい。ひらがなとか、「たぶん。」とか。

ちょっと書いていて楽しくなってきたので、ネットで映画のキャッチコピー集を見てみた。ざっと見て印象に残ったのは、『黒い家』の「この人間には心がない」や、『スクリーム』の「叫びだしたら、止まらない」、『スクリーム2』の「叫び声が加速する」、『スクリーム3』の「絶叫クライマックス」などか。コピー決定会議を見てみたい。

さて最近、ＣＭでずっと気になっていた映画のコピーがあった。皆さんもごらんになったことがあるのではないだろうか。『アベンジャーズ』というハリウッド映画の、「日本よ、これが映画だ」というやつ。そして、ちょっとイラッとされなかっただろうか。私はした。

だが大人なので、その思いを押し隠し、日々の生活を粛々と営んでいた。そしたら、『踊る大捜査線　ＴＨＥ　ＦＩＮＡＬ』という邦画のＣＭで、「ハリウッドよ、これも映画だ」と言っているのを発見した。やっぱり！　みんな、イラついてたんやん！　嬉しかった。

ともあれ心乱されたので、どちらの映画も観てみようと思う。

旅行の「ヤー!」

よく旅行する。ことにここ2年間は、ブータン、チベット、クロアチア、インドネシア、ハワイ、スペイン、インド、ネパールと続いている。

海外に行くと、当然ながら言語が違う。現地の言葉が分からないのであれば、世界の共通言語は英語なので、英語を話す必要がある。これだけ海外に行っているのだから、西さん、さぞ、とお思いの方がいらっしゃるだろう。だが私は、英語が出来ない。まったく、というわけではないが、日常会話すらおぼつかない状態だ。なのに、私には、なんとなく分かっているふりをしてしまう悪い癖がある。現地の方に何かべらべらと話しかけられると、分からないのに、「ヤー!」とうなずく。そして「え?　何が?」というような、怪《け》訝《げん》な顔をされる。分からないのならそう言えばいいのに、話の腰を折るのが申し訳ないのと、自分が英語を話している風な雰囲気が気持ちいいのだ。

ことに悪いのは、私が英語を勉強したのが『セックス・アンド・ザ・シティ』という海外のドラマであるということだ。ニューヨークに暮らす4人のキャリア女性の恋と友情を描いた大人気ドラマで、映画化もされている。お洒落《しゃれ》で軽妙な会話が大きな魅力のひとつであり、彼女たちが使う「粋な言葉」を真似《まね》すると、すごく気持ちいい。なので海外に行ったとき、作中の様々な言葉を使ってしまうのだが、そうすると、現地の方に、あ、この人、英語すごく話せる、と思われる。それがきっかけで、長々と話をされるのだが、そこでまた分からないと言えずに「ヤー！」と誤魔化し、さらに怪訝な顔をされるのだ。

今月末はニューヨークに行く。まさに『セックス・アンド・ザ・シティ』の舞台だ。分からない英語に「ヤー！」と撒《ま》き散らす自分を想像し、今から先走って恥ずかしいが、やはり旅行はいい。自分が何ものでもないことが、分かるのがいい。

いつか肴に

仲の良い友人と、よく言っていることがある。どえらい失敗をして、今は笑えなくても、いつか絶対、それを肴《さかな》に酒を飲もう、と。肴にするからには、失敗が大きければ大きいほど面白くなるはず。私はどうしようもなく小心で、大きな失敗といっても、紙面を割くほどのことはなかったのかもしれないけれど、でも、やはり、自分の中では大失敗だ、赤面、絶望、早く来世になって、と思うことは多々あって、そのたびに「失敗しても、いつかそれを肴に酒を飲もう」という言葉に助けられてきたのだった。そして実際、昔の失敗を話の種に酒を飲むことが今あって、やはり、大変面白い。悲惨な失敗であればあるほど、笑えるのだ。「あんときのあんた、ほんま惨めやったよなぁ」などという言葉で、2杯は飲める。現在幸せだから、ということかもしれないが、それでも、時間が解決してくれることは、おおいにあると思うのだ。

その友人は、今、飲食店を経営している。数年前、店舗物件を決める間際、私に電話をかけてきたことがあった。とても気に入った物件で、今すぐ決めて、契約金を納入しないと、他の人に取られてしまうのだけど、まだ区から融資がおりるか分からない。融資がおりなければ、今納入する数百万円をドブに捨てることになるのだが、ということだった。私は、もし数百万をドブに捨てたら、そのネタで一生飲めるやん、と言った。もちろん失敗したら、私は一生、全力でそのことを笑ってやろうと思っていた。彼女は契約を決め、無事に区から融資もおりた。とんでもない勇気を必要としたことだろうが、きっと「失敗しても、いつかそれを肴に酒を飲もう」という言葉に、背中を押されたのだと思う。

今も、何か大きなことを決断するとき、その言葉が浮かぶ。困るのは、成功したら、「なんだ、酒が飲めない」と思ってしまうことだ。成功の美酒に酔う、という言葉を、知っているのにだ。

名刺

今私は、ニューヨークにいる。ハリケーンサンディが直撃した直後のニューヨークである。滞在しているマンハッタンの46丁目は電気も復旧し、通常通りの生活に戻りつつあるが、地下鉄は運休が多く、マンハッタンに通じる橋は大渋滞で、ガソリンスタンドにも数時間待ちの行列が出来ているということだったし、マンハッタンの南半分は、まだまだ停電している建物が多いようだ。

ここには3日前に来ているはずだった。でも、サンディの直撃で飛行機が欠航、サンフランシスコ経由の代替便が出た。私が乗った国内便は、足止めされていたニューヨーカーたちが多く、やっと帰れる、といった安堵《あんど》と、どんな状態になっているのだろう、という不安がない交ぜになった、なかなか独特の雰囲気だった。私の隣に座っていた男性も、仕事で西海岸に行っている間にサンディが襲来、今日までニュージャージーにある自宅に帰れなかったということだった。私が取材旅行に来たのだ、と言うと驚き、宿泊先は？　知り合いはいるのか？　など、大変心配してくれ、連絡先が書かれた名刺をくれた。

　すると、その話を聞いていた、通路を挟んだ隣に座っていた若者も、マンハッタンに友人が住んでいるから、何か困ったことがあったら連絡してくれ、と名刺をくれた。前の席の人、その隣の人など、結局私の手には、4枚の名刺が残された。

　結局その名刺を使う機会はなかったのだけど、街を歩いていると、店から蛸足《たこあし》のコンセントが外に伸び、タップに「FREE CHARGE（自由に充電を）！」と書いた紙が貼られていたり、地下鉄の入り口にいると、知らない人が運行状況を丁寧に教えてくれたり、すごくナチュラルに「助け合い」の空気が流れていて、私はそのどれにも、いちいち感動したのだった。

　名刺は持って帰ろう。日本でも私を安心させてくれるだろう。

通じるオノマトペ

朝起きたら、左目がえらいことになっていた。

白目の部分が、卵の白身のような状態になっている。半透明で、すごく腫れている。いや、「腫れて」いるでは足りない。ほとんど「目から零《こぼ》れ落ちそうになって」いる、と言ったほうが正しい。

眼科は混んでいた。私の目を見て、受け付けの看護師が「あぁ」と言ったが、その言い方が、別段焦った言い方ではなかったので、少し安心したが、すぐに、いや待て、こちらを怖がらせないために、あんな態度を取ったのかも、などと悪いほうに考えが及んでしまう。とにかく落ち着かないので、診察まで気休めにスマートフォンで自分の症状を検索することにした。

だが、なんて検索したらいいのか分からない。「白目　えらいこと」ではだめだろう。なんて打てばいいのか、逡巡し、とりあえず「白目」とまで打つと、「白目」と共に検索されている言葉が、たくさん出てきた。「白目　充血」や、「白目　出血」な

「ぶよぶよ」である。

その中に、「白目　ぶよぶよ」という言葉があった。え、と思った。ええんや。

確かに私の白目の状態は「ぶよぶよ」である。それが一番しっくりくる。だが、何か調べものをするとき、特に病気のような深刻なものを調べるときに、もっと適した言い方があるのではないかと、勝手に身構えていた。

「白目　ぶよぶよ」を検索すると、たくさんの方が、私と同じような症状について書いていた。「白目がぶよぶよで」「よく白目がぶよぶよに」。それを読んで、安心した。

実際診察をしてもらうと、「結膜浮腫」といって、2、3日で治るでしょう、ということだった。「白目　ぶよぶよ」は、夕方にはおさまった。

「ぶよぶよ」というオノマトペがあって良かった。皆が共通認識出来る音があるって素晴らしい。しかし、「ぶよぶよ」を考えた人って、どんな人なんやろう。

休息と仕事

仕事場を持たない。

我が家のリビングの隣にある南向きの一室を仕事部屋、ということにしている。職場に通っている友人からは、「生活と仕事の切り替えが出来て偉い」などと言われるが、部屋に入ったら速やかに仕事モードに切り替わるわけではない。キャットタワーがあるものだから、どうしても猫と遊んでしまうし、ベランダに通じる窓があるので、洗濯物はそこから出て干すことになる。仕事よりも若干生活が勝っている。唯一、さあ仕事だ、と思う瞬間は、パソコンの電源を入れたときくらいだ。

私は、毎日きちんと職場に通う人のほうこそ偉いと思う。定時に起き、きちんと身支度をして家を出て、ということが、今の私には絶対に出来ない。家が仕事場なら、すっぴん、ジャージでいても誰にも文句は言われないし、カップ麺をすすりながらワードを打っても構わないのだ。楽である。

だが、時々、弊害を感じることがある。先日、疲れから高熱が出た。薬を飲んで眠っていたら、大体1日で下がるのだが、もう1日くらいは休んでいないと、また熱がぶり返す。そういうときは、暖かい格好をして、リビングのこたつに入り、テレビを見て過ごすのだが、その時間がいけない。背後はすぐ仕事部屋なのだ。休まないといけないが、こうやって座っていられるということは、ちょっとした仕事なら出来るのでは、パソコンを開かなくても、資料を読んだり、ゲラを読むことくらいは出来るのではないか、など、落ち着かない。「サボっている」という感覚にさいなまれるのだ。

職場＝仕事をする場所、家＝休む場所、という図式が出来ていれば、休むことに専念も出来るが、家≒職場であると、休んでいるときの罪悪感がすごく大きい。困った。が、やっぱり定時にどこかに通う生活は、どうしても、どうしても出来ない。

○○ない女

電車に、女性誌の吊り広告があった。何気なく見ていると、「くすまない女になる」と書いてあって、ドキッとした。

女性誌の、というより、おしなべて広告というものは、こちらの視線を止めるのが目的である。なので、どれにも何かしら売りとなる文言はある。でも周囲を見回すと、まさにそういう広告だらけで、そう何にでもドキッとしてはいられないのが現状だ。

そんな中で、久しぶりにドキッとしたのは、「くすまない女になる」という言葉が、ポジティブな言葉に見えて、実は「くすんだ女になってしまうのよ」というネガティブなメッセージを孕《はら》んでいるからだ。

「くすむ」の逆は、例えば「透明感のある」ではないだろうか。でも、「透明感のある女になる」と言われても、ちっともドキッとしない。どこか夢物語、というような、現実から数センチ浮いた言葉に思ってしまうからだ。でも、「くすまない女になる」

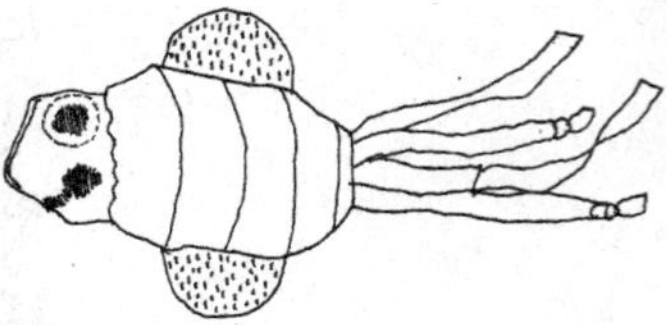

は、すごく現実、という感じがして、こちらの恐怖心を煽る。身につまされる、といおうか。

　今『今日から怒らないママになれる本』という書籍が売れているらしい。これもきっと、「優しいママになれる本」ではだめだろう。「優しいママ」という目的がぼんやりしすぎている。「怒らないママになれる」という言葉は、普段やはり「怒ってしまうママ」や「怒る可能性を大いに孕んだママ」たちの切実な願いを、ぎゅっと捕らえるのではないだろうか。

「好かれる女になる」より「嫌われない女になる」のほうが必死だし、「良い香りのする大人」より「臭わない大人」のほうが、そうでなければならない感が強い。「○○ない」という言葉は、すごい力があるものだ。

　いつかそれが発展し、「彼氏のいなくない女になる」、「もう恋なんてしないなんて言わない女になる、絶対」みたいなことになったらどうしよう。

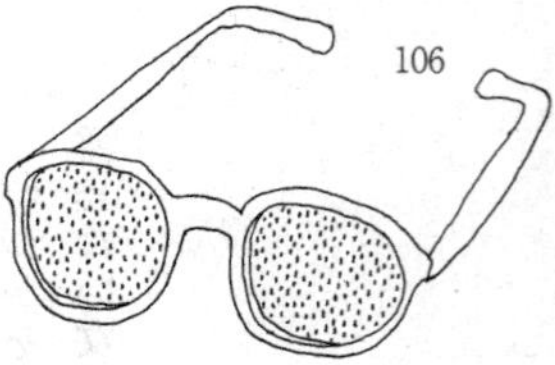

ＭＢＴにまつわる話

散歩をするときや、スーパーに買い物に行くときには、ＭＢＴを履く。

一時期大変流行ったので、皆さんご存じだろうか。ＭＢＴはマサイの脚力や歩き方のメソッドを取り入れた靴である。靴底が船の底のようにカーブしていて不安定、だが、その不安定さをカバーするために、歩いたり、ただ立っているだけで、ボディバランスが自動的に修正されてゆくのだそうだ。最初は歩きにくかったり、グラグラして立っているのも心もとない。でも慣れると背筋が伸びるし、歩いてるだけなのに、なんとなく体にいいことをしているような気分になれるのがいい。

さてそのＭＢＴは、スイスのブランドである。そして私はその靴を、昨年スペインに旅行したときに購入した。

時々、そのことに眩暈《めまい》を覚えることがある。

マサイのメソッドを取り入れたスイス製の靴をスペインで買って日本で履いている。

なんてことだ。それってもう、ほとんど「世界」だ。私は世界を股にかけている。

「パリス吉祥寺千歳烏山店」や「ラフォーレ原宿札幌店」みたいなことが、世界規模で起こっているのだ。

北欧の大型家具店に買い物に行って、スペイン人デザイナーが作った中国製のハンガーを買うこともあるし、フランス人シェフがメキシコ湾で取れたエビを使った料理を六本木で出していたりする。

杉並区のスーパーで、何かに圧倒されながら、私はスペインで購入したスイス製、マサイのメソッドを取り入れたＭＢＴを見る。陳列棚には、メキシコや中国、マレーシアやアメリカの野菜、肉、果物などが並んでいる。それに纏《まつ》わるたくさんの出来事や人や旅を思うと、世界が広いのか狭いのか、全然分からなくなる。

からだの代表

よく高熱が出る。喉《のど》が痛いなとか、関節がヒヤヒヤするなと思ったらもうだめだ。あっという間に熱が上がり、高いときは40度くらいになる。

いつも市販の解熱剤を飲む。みるみる熱が下がる。薬が効いている間は、なんだったらちょっと元気になってしまう。その間にごはんを食べたり仕事をしたりするのだが、薬が切れたらまたガーンと熱が上がる。結局そういう状態が4日ほど続く。

本当は、熱は無理して下げないほうがいいらしい。体内で白血球や様々なものが菌と戦ってくれている証だからだ。

先日も熱が出た。仕事的に余裕があったので、今回は解熱剤は飲まないでおこうと決めた。ガタガタと歯の根が合わないほどの震えが起こっているときは38度。体が震えるのは、筋肉を震わせて熱を起こそうとしているから。上がるところまで上がったら寒さは収まるらしい。確かにそうだった。暖かくして待っていたら震えは収まり、体温は39度近辺で停滞した。体中痛くて、とてつもなく苦しかったが、そのまま眠った。ごはんなんて、とても食べられなかったし、仕事ももってのほかだった。水分補給だけして、胃や内臓のすべての機能を停止させた。そして、体の中の皆が菌と戦ってくれるのを待ったのだった。すると、翌日には36度8分まで下がった。たった1日でだ！　すごい！

自分は、体すべてのことを引き受けているのではなく、「からだ」という国の代表に過ぎないのだなと思った。代表である私が冷たいものをガブ飲みしたり解熱剤を飲んで無理をしたりすると、「からだ」の国民は、大変迷惑するのだ。

白血球は、一生懸命戦ってくれた。「からだ」の皆さんに、申し訳なかった。感謝した。これからは、「からだ」を大切にすると心から誓った。

高熱にうなされている間、猫がずっとそばで眠っていた。猫は、彼の「からだ」の優しい代表だなと思った。

頑張れ

散歩をしていると、ある親子の姿が目に入った。若い母親とベビーカーに乗った生後半年くらいの赤ん坊だった。

ふたりは、信号が青に変わるのを待っていた。それだけだと普段は別に気にならないが、その親子は気になった。赤ん坊が泣き喚《わめ》き、ベビーカーの中で盛大に暴れているのに対し、母親があまりにぼんやりと、心ここにあらずといった感じで立っていたからだ。

母親の足元には、くまのぬいぐるみが落ちていた。恐らく、赤ん坊が落としたものだろう。泣き喚き、暴れているのは、そのぬいぐるみを取ってほしいのかもしれなかった。

私が近づいても、母親はこちらを向かなかった。迷ったが、「これ落ちてますよね?」と話しかけた。ぬいぐるみを拾って差し出すと、母親は、そのとき初めて私に気付いたのか、ハッとした表情をした。そして、くまのぬいぐるみをまじまじと見て、こう言った。

「落ちてるのは分かってたんですけど、ギリギリまでそのままにしとこうと思って」

それを聞いて、胸が苦しくなった。ギリギリまでというのは、信号が青に変わる直前まで、ということだろう。何度拾って赤ん坊に渡しても投げられてしまったのか。もう拾う気力がないのか。

私は思わず「頑張ってください」と言ってしまった。母親は不思議そうに私を見て、「ありがとうございます」と答えた。

横断歩道を渡って行くその姿が見えなくなっても、自分が間違ったことを言ったのではないか、もっと他に何か言えなかったのか、そもそも何かを言いたいと思う気持ち自体おこがましいのではないかと、悔やんだ。でもやっぱり、どうしても「頑張れ」と言いたかった。その言葉が重荷になる人がたくさんいることも、自分にはそれを言う権利がないことも分かっている。でも、今も思うのだ。

世界中のお母さん、頑張れ。

天気のせいです

晴れていたと思っても突発的に雨が降る。最近の天気は本当におかしい。

「今日は晴れ、どうみても晴れ、雨の気配なんて微塵《みじん》もあれへん」、そう思っていても夕方にはどこからかモクモクと雨雲が現れ、ちょっと引いてしまうくらいの雨を降らしてゆく。もはや天気予報なんてアテにならないし、かといって自分の勘などは、もっとアテにならない。

私がよく泣くことを、この連載に書いたことがある。だが、それは感激や感動によっての涙だ。それ以外に、私は怒りや悔しさでも泣く。よく泣く。

その原因として、最も多いのが、天気のことである。日常生活の中で、私が一番心を砕いているのが洗濯なのだ。普段の日はもちろん、旅行に行っても、なるべく毎日、洗面台で洗濯をする。汚れ物がそのまま溜まっていくのが、どうしても気になってしまうからだ。

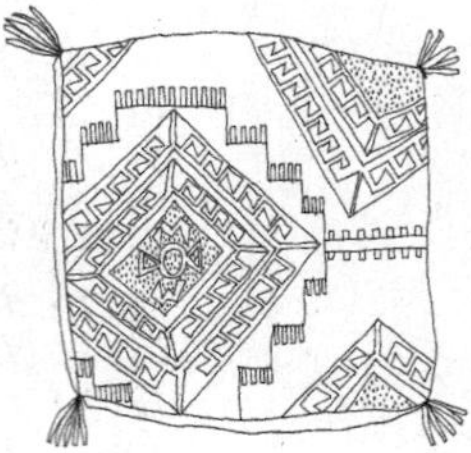

朝起きたら、まずスマートフォンで天気予報を見る。そしてテレビを見て、自分でも空の様子を確認する。よし、大丈夫と思って洗濯物を干す。家にいるときはいいが、安心して出かけてしまった後に雨が降ると、外出先でも、憚《はばか》らず泣く。せっかく綺麗になった洗濯物が雨で濡れてゆくところを想像すると、大げさではなくおかしくなりそうになる。逆の場合もそうだ。曇り空を見て今日は雨が降ると判断、泣く泣く洗濯をせずに出かけ、途中空が晴れてくると、

「なに晴れとんねん！」

やはり泣く。本当に悔しい。

「天気のことは仕方がない、誰も悪くないんだから」

皆そう言う。それはそうだ。だが、だからこそ悔しい。怒るべき相手がいないからこそ私は悔しい。自分の力でどうにもならないことが、悔しいのだ。

なので最近の、このおかしな天気は、私をとことん不安定にしている。何も信じられない。

最近会った方、私が暗い顔をしていたのは、あなたのせいではない、天気のせいです。

洗濯先輩

洗濯が日常生活で最も心を砕いていることだと前回書いた。

最近は突発的に雨が降ったり晴れ間が現れたり、天気予報もアテに出来ない。私の仕事部屋にはベランダがあり、そこに洗濯物を干している。空の様子を観察しているつもりだが、たまに雨が降り出したのに気づかずに、泣きながらびちゃびちゃの洗濯物を取り込むはめになる。最近の雨は、降り出してから取り入れたのでは遅いのだ。なので、雨が降る、晴れ間が出る気配を感じる能力が問われる。

そんな私が頼りにしている人がいる。密《ひそ》かに「洗濯先輩」と呼んでいる。

私のマンションは5階建て、私は5階に住んでいる。先輩は私のマンションの斜め前にある3階建ての一戸建て住宅の住人だ。恐らく二世帯住宅だろう。その家は屋上が干し場になっていて、5階の私のベランダからちょうどよく見える。

先輩がすごい、と気づいたのは、あるとんでもなく曇った日に、先輩の屋上に、シーツから枕カバーから、大量の洗濯物が干されていたときだ。絶対雨が降ると思っていた私は、他人《ひと》の家ながら心配だった。だがその日はお昼前からみるみる雲がなくなり、これでもかというくらい太陽が照りつけたのだった。先輩の屋上に干されたシーツや洗濯物は、みるからにパリッと乾いていた。

それから先輩を注視し続けている。先輩の「予測」は驚くほど正確だ。晴れ間が出る気配に聡《さと》いだけではない。すごく晴れた午後、ふと先輩のベランダを見ると、先ほどまで干されていた洗濯物が綺麗になくなっていたりする。そういうときはモクモクと雲が現れ、あっという間に雨が降るのだ！　すごいぞ！

だが実はまだ、先輩の姿を見たことがない。洗濯物の動向で「いる」と感じているだけだ。

今日も天気予報は曇りのち雨だが、先輩は洗濯物を大量に干している。私はそれを信じ、洗濯機を回している。

悪を止める

鬼から電話がかかってくるらしい。

スマートフォンのアプリだ。子供が言うことを聞かないとき、母がアプリを起動すると、「鬼」なるものから電話がかかる仕組みになっているのだ。

画面には恐ろしい鬼の形相が現れ、電話に出ると、「言うことを聞くか?」とすごむらしい。幼児にとってはものすごく怖《こわ》い話だ。何度かやると「鬼から電話がかかってくるよ」と言っただけで言うことを聞く子もいるらしい。なるほど、よく出来ている。それにしても鬼という、とてもオーソドックスな存在を使っているのが面白い。

我々が小さい頃、一番ポピュラーだったのが「言うことを聞かないとサーカスに売るよ」だったように思う。でも、今は格好いいシルクドソレイユもあることだし、あまり効果がないのではないだろうか。

大阪では、「吉本に入れるよ」という言葉も効果的だった。だがそれも、今では芸人さんは憧れの職業、吉本の養成所の入学式に、「立派な芸人さんになってね」と親が同伴するほどだというし、効果がないだろう。

私は、電車の切符を購入すると緊張する。失《な》くすのではないか、ということではなく、折らないかということにだ。

昔、母と電車に乗ったとき、渡された切符をふざけて折ろうとしたことがある。そのとき母に、こうすごまれた。

「折った切符を改札機に入れたら爆発するねんで！」

恐怖だった。

私は切符を折らないように、それればかり考えながら電車に揺られていた。母はおそらく何の気なしに、ほんの冗談程度の警告として言ったのだろう。だがそのことは大きくなった今になっても、私を捉え続けている。

鬼から電話がかかってきた子供たちは、大人になってから、鬼のことを思い出すのだろうか。何か悪いことをしようとしたとき、鬼は止めてくれるのだろうか。

仮面

きぐるみやピエロ、その類のものが怖い。

きぐるみもピエロも、中は人間だ。知らない人間が我々に手を振ったり、おどけたりするのが怖いのだ。

小さな頃、エジプトに住んでいた。シンドバッドシティという遊園地があって、よく連れて行ってもらった。そこには様々なキャラクターのきぐるみがいて、私は、海賊のきぐるみに、写真を撮ってもらった。彼は私の肩に手を置いた。その手は毛深く、クミンぽい臭いがした。間違いなくエジプシャンの手だった。その瞬間、「人やん！」そう思った。幼かったとはいえ中に人が入っているということは、うすうす気づいてはいた。でも、おそらくその事実を見ないようにしていた。だが彼らは「めっちゃ人間！」だった。そう再確認すると、そのことが異常に怖くなった。我々が食べている鶏肉が、鳥の死骸だと分かっているつもりでも、その事実を見ないようにしていたのと似ていた。

大人になってから、ことに最近は、その恐怖に拍車がかかっている。何故なら、私自身ものすごく、きぐるみを着たいからだ。きぐるみを着たら、何でも出来そうな気がするからだ。手を振ったり、踊ったりするなんて余裕、あるいは急に誰かをどついておどけてみせたり、ショウウインドウに突っ込んだりも出来そうなのだ。

自分のそんな欲望を知れば知るほど、だからどんどんきぐるみが怖くなっている。素顔を隠す仮面をつけた人間が、どのような欲望を持つか、分かったものではない。

最近は、舞台を見るのも少し怖くなった。役者が「役柄」の仮面をかぶり、別人格になっている様が怖いのだ。だからカーテンコール、「素顔」で頭を下げている役者を見ていると、ほっとする。でも実は、その顔も「役者」の顔なのである。

役者ってすごい。そしてやっぱり怖い。

日本案内

海外に行ったとき、現地の人にコーディネートをお願いして、その人がおすすめの場所へ連れて行ってもらうことがある。見るものすべて新しく、食べるものも美味しく、さすが地元の人しか知らない店に行くと、とても楽しい。

楽しければ楽しいほど、恩返しをしたくなる。もしその人が日本に来たら、そのときはどこへ連れて行ってさしあげたらいいだろうと、考えてしまう。すると自然に、日本を改めて見ることになる。

新宿の街はごみごみしているだけだが、海外の人から見たら、あの派手派手しい看板や電飾は、興味深く映るのではないか。歌舞伎町を歩いていると必ずあるホストクラブの看板や、客引きしているホストそのものとかどうだろう。ものすごく面白いのではないだろうか。

浅草はマストだ。何度も行っているが、私でも雷門の提灯《ちょうちん》の大きさには笑ってしまう。銀座もおさえておいたほうがいいか、築地にも行きたいだろうし。私は興味ないけど、お台場のガンダムや秋葉原のメイド喫茶とか、やっぱり見ておきたいだろうなぁ。高円寺の商店街は絶対に連れて行きたいし、赤羽とか北千住とかも面白そう。最近行った伊勢丹のデパ地下は、私も度肝を抜かれたよな。

こうなると、架空の旅人が何泊するのか、どこに泊まるのかまで気になってくる。東京でこれなのだから、それが日本レベルまで行くと大変だ。

大阪の道頓堀では、安くて美味しいもんでうならせたいし、屋久島のような神秘的な場所もあるのだと教えたい。雪のない国の人なら、オホーツクの流氷を見せたいし、そのまま一気に沖縄まで飛んで、同じ時期に珊瑚礁を見られることを驚かせたい。別府の温泉なんかも渋いし、京都は絶対に外せない。

こうやって改めると、日本って、いいとこいっぱいあるなぁと思う。

そこから

同級生に、S君という男の子がいた。

S君は小学校5年生、6年生、そして中学3年生のときに同じクラスだった。大声で騒いだりしないかわいらしい男の子だったが、中学に入り、私が知らない2年の間にちょっと目つきが悪くなっていて、同じクラスになった頃には、階段の踊り場で煙草《たばこ》を吸ったりしていた。

ある日、S君に数学の問題を聞かれた。三角形があり、ふたつの内角がそれぞれ(ちょっと正確なことは忘れたが)60度、70度とある。残りの角がxとなっていて、そのxを求めよ、という問題だった。私が、「180度からふたつの角の合計を引けばいいねん」と言うと、S君は「なんでなん?」と言った。「だから、三角形の和が180度やから、180度から60と70を引いたら残りの角度が出るやん」、それでも、S君は納得しなかった。

「なんで?」

ちょっと怖くなった私が「だから三角形の内角の合計が１８０度やから」まで言うと、S君は、「だから、なんで１８０度なん?」と言った。

S君は、三角形の内角の合計が１８０度であるという、そこから疑問を持っていたのだ。

私はそのとき、猛烈に恥ずかしくなった。S君は数学の教師にも勉強が出来ない奴と認識されていたし、問題児の扱いを受けていた。全然違った。それどころか、とても聡明で、まっすぐな人だった。

S君のように、「そういうものだから」という認識を合理的に理解できない人もいる。「そこ」から疑問を持つ生き方は苦しいだろうが、「そういうものだから」を「はいはい」とすぐに受け止める私からすれば、S君は、とてもとても眩《まぶ》しかった。

S君は地元のヤンキーばかりの高校へ進学した。あなたはそうじゃない、そう思ったが、もちろん言えなかった。私にそう言う権利はなかった。

今でも時々、S君を思い出す。もう顔も忘れてしまったが、自分が何かを「そういうものだ」と諦めたとき、S君の「なんで?」が聞こえる。

肉眼ではね

仕事柄、何かを考える時間が多い。

といって、小説のことだけではない。

最近考えたのは、編集者に使える「便利な言葉」である。遅れた原稿、大幅な修正、それを求める編集者へ、なんと言ったらうまいこと回避出来るか。

結局、小説の展開よりもじっくり考えて閃《ひらめ》いたのが、「肉眼ではね」だ。使い方は、例えばこう。

「西さん、先週締切の原稿ですが、まだ送っていただけないのでしょうか」「肉眼ではね」

どうだろう。「自分は己の目で見えるものしか信じない、物事の背景にある様々なものに心の目を凝らすことが出来ない俗物」と、編集者に思わせることは出来ないだろうか。

「ここからの展開、ちょっと急ぎすぎているような気がするのですが」「肉眼ではね」

「主人公の性格からすると、ここの描写は矛盾しているのではないでしょうか」「肉眼ではね」。うん、いい!

私は腕を組みかえ、さらに考える。

「肉眼ではね」は、編集者とのやり取りだけではなく、様々な状況で使えるのだ。

「あ、太った?」「肉眼ではね」「お金払ってないよね?」「肉眼ではね」、「どうして約束破るの？」「肉眼ではね」。

こうなると、もうだめだ。「肉眼ではね」を使うシチュエーションが、次々浮かんでくる。止まらない。

とうとう想像だけでは飽き足らなくなり、実際に声に出すことまでする。

「肉眼ではね！」

寝ていた猫が、ビクッとなるほどの大声だ。

もはや、「肉眼ではね」を言いたくてたまらないだけになっている。脳からおかしな物質が出てくる。

私は立ちあがり、「肉眼ではね」のシチュエーションを演じ始める。猫がクローゼットに逃げる。そんなことをしているうちに、一日が終わる。

「それって、現実逃避なんとちがうん？」

肉眼ではね！

占い

夫と台湾に行った。

占い街に行って、四柱推命を見てもらった。「いいことだけ信じよっと!」くらいの軽い気持ちだったが、自分が最悪の人間だと分かっただけだった。短気で、飽きっぽくて、優柔不断で頑固で、ケチ。隣では、夫が苦笑いをしていた。とても悲しかった。

この感じ、どこかで経験したなぁと思っていたら、インドだ。インドのベナレスでも、夫と占いに行ったのだった。

占いによると、私は、心と体が別方向を向いていて、あらゆる場所に火山を持っていて、つまり激しい気性で手がつけられず、自由が確保されないと暴れ、誰にも理解されていないらしい。隣では、夫が苦笑いをしていた。とても悲しかった。

夫は、インドでも台湾でも「すごく優しい人」、私に「我慢している」ということだった。「可哀想に」とまで言われていた。私って……。

今まで行った占いのことを思い出してみた。独身のときに日本でやってもらった占いでは、「あなたが出会うのは九州男児です。あなたが尽くさないとダメみたい」と言われた（夫は本州の人だ）、ニューヨークでやってもらった占いでは、「○○って名前の人が周りにいない？　出世の邪魔になるわよ」だった。ブータンでやってもらった占いでは「これから子供を6人産む」と言われた。

そういえば、インドでも子供を4人産むと言われたから（台湾では1人、ニューヨークでは双子だった）、占いには、土地柄が出るのかなと思う。台湾では、何も言わないうちから「お金持ちになるにはこうしなさい」と言われたし、出世とか、九州男児に尽くす、とかも、やっぱりそれぞれの土地ならではのことのような気がする。

これから旅行に行くたび、占いに行こうと思う。その土地では、何が幸せとされているのか、分かる気がする。きっとそのたび、夫が隣で苦笑いするのだろう。

解釈

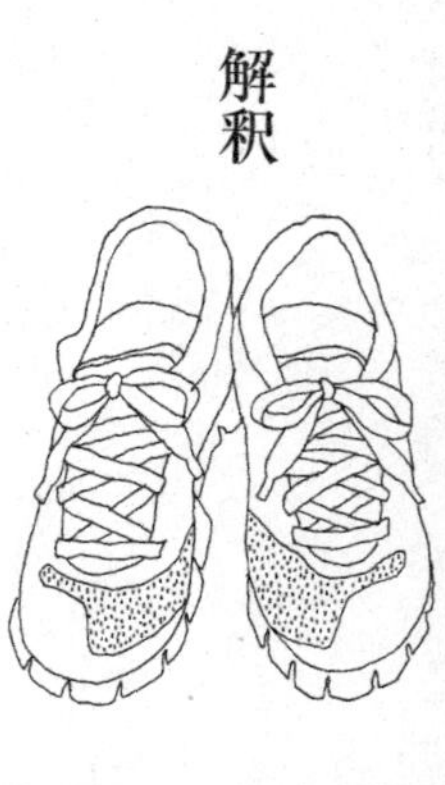

台湾に行った話は前回書いたが、占い以外にマッサージにも行った。足つぼマッサージというものを、人生で初めて受けてみたのだ。

相当痛いのだろうなと覚悟して行ったが、はたして、痛かった。場所によっては、のけぞって「ばああっ!」と声に出るくらい痛かった。

足つぼには、いろいろ意味があるということは知っていた。つまり内臓の様々な不具合が足の裏に現れるのだ。なので、痛いと思うと、いちいち「それはどこですか?」と聞くことにしていた。そのたび、施術者のおじさんが「これは腰ね」「ここは膀胱《ぼうこう》」「胃腸」などと教えてくれる。思いがけない場所を様々言われて、感慨深かった。

甲の上あたりをゴリゴリやられたときだ。今までと違う激痛が走った。「ばああっ!」これはもう、内臓のどこかが壊滅的にやられているに違いない。「そこは?」

だがおじさんはこう言った。

「これは、ここの筋がこってるの」

え？　その場所が？　内臓とかやないの？

ものすごく拍子抜けした。

今までは、足が痛いのに、そことは程遠い場所が原因であるという不思議を経験していたのに、これは足そのものの痛みなのだ。すごくおかしな感じがしたが、当たり前のことだった。

宗教者や作家なども、そんな風なのかもしれない。例えば宗教家に関しては、みんな最初からその人が不思議側にいると思い込んでいる。だからその人が本当に暑くて「とても暑い」と言ったとしても、「……どこかで大火事が起こっているに違いない！」などと周囲が解釈してしまうのだ。

作家もそうだろう。私にも経験がある。字義通りに書いたことを、「これは○○のメタファーだ」などと言われる。「その解釈いただき！」と思うこともあるが、大抵は「いや、そんな立派なことでは……」と、むずがゆい。

解釈って、難しくて、おかしい。

命さえあれば

ベルリン、プラハへ行ってきた。素晴らしかった。その感想はまた書かせてもらうが、今回は海外へ行くときの「気持ち」の話をしたい。

私は海外へ渡航するとき、どんな場所であれ、「生きて帰れるだろうか」と考える。飛行機は落ちないだろうか、向こうでトラブルに巻き込まれないだろうか。前日には、ほとんど憂鬱《ゆううつ》になるほどだ。

昨年、ブエノスアイレスへ行った。素敵な街だと聞いてはいたが、南米は未知の領域、いろいろ不安なことも多かった。ネットで治安情報を調べても、出るのは恐ろしい体験談ばかり。取られる現金は最低限にしよう、バッグもすべて盗まれていいと思おう。とにかく命さえあれば、そう思っていた。

実際ブエノスアイレスは、とても素敵な街だった。行っていい場所とそうでない場所を見極めれば、危険なことは何もなかったし、人も優しかった。私はとてもリラックスして、時間を過ごした。

弛緩《しかん》していた結果、携帯電話を使いまくったため、パケット代がどえらいことになった。本当に、引くくらいの金額だった。そしてトランジットのドバイでは、大好きなピアスを片方なくした。私はそのことを、ものすごく悔いた。ピアスのこと、莫大《ばくだい》なパケット代のこと、それればかり考えながら、帰国の途についた。「飛行機が落ちないだろうか」など、考えもしなかった。つまり、すっかり行く前の気持ちを忘れてしまったのだ。

それは実は、海外に限ったことではない。日本でだって、何で命を落とすか分からない。なのに、自分が「損」をすれば、そのことばかり考える。なくしたもののことばかりに想いを馳《は》せ、残ったものへの感謝の気持ちを、簡単に手放してしまう。

命さえあれば。

そう思いながら生きることは、とても難しい。今日も私は、当たり前のような顔をして、安穏と生きている。

ベルリン

旅行に行くと、「この街に住んだらどんなだろう」と考える。あり得ないことでも、その街に住む自分を想像するのは楽しい。

野菜を買うならここだな、郵便局はあそこにあるぞ、どれくらいで言葉を話せるようになるだろう。1時間でも滞在したら、その街を好きになる。

でも、こんな素晴らしい天気なのに洗濯ものを外に干せないのは辛《つら》いな（ロサンゼルス）、ここにいたら、仕事なんて何もしなくなるだろうな（ハバナ）、このバイクの排気と騒音さえなければなぁ（ポカラ）など、やはりそれぞれに難点はあって、結局帰国して、「なんだかんだいって東京はいいなぁ」と思う。

そんな中でも、最近行ったベルリンは「ここに住んだら」という想像を、限りなく現実にしたいと思える街だった。

まず、道がものすごく広い。車と歩行者のレーンとは別に自転車のレーンがあって、しかも歩いている人がそんなに多くない。誰かにぶつかるかもというストレスが全くないのだ（聞くと、ドイツは各州がそれぞれ発達しているので、ベルリンに人口が集中しないそうだ）。電車で5分ほど行けば森が見えてくるし、建物はみなシンプルでお洒落、そしてすごく清潔だ。スーパーに入るとオーガニック製品がずらり、出会う人みな優しい（にっこり笑ったりしないのだけど、例えば道に迷っていたら、すっと寄って来て教えてくれる。無骨な感じの優しさだ）。電車は24時間運行していて治安もいいし、女の子も男の子も、ことさら華美な服装をしない。まさにイメージ通り、質実剛健という感じだ。レストランでは美味しいビールが飲め、物価が安定している。ちょっとこれは、本気で移住を考えるほどだった。

帰国後、なんとかベルリンの欠点を探した。冬は零下になるらしい、豚料理の脂っこさは困るなぁ。でもいくら考えても、熱が冷めない。ヴェンダース『ベルリン・天使の詩』を見ながら、私は未《いま》だふわふわと漂っている。

土地が作る

この春、ベルリンとプラハに行った（ベルリンのことは前回書いた）。プラハに行くと決めてから、ミラン・クンデラの本を読み返した。『存在の耐えられない軽さ』、『不滅』、『笑いと忘却の書』、『別れのワルツ』。

プラハに行くのだから、と、ついでに読んだのに、のめりこんで一気に読んでしまった。温度が高く、怒りと悲しみに満ち、そしてユーモアに溢れた作品たちは、私の頭の中のほとんどを占めてしまい、だからプラハに降り立ったとき、私の中でそこは「クンデラ」の世界になった。時計台、革命広場、街を歩く女性たち、カレル橋、流れている音楽、そのすべてが「クンデラそのもの」だった。

でも、クンデラがプラハを作ったのではないのだ。クンデラの作品に色濃く描かれるプラハは、元々そこにあったプラハなのだ。

当たり前のことなのに、おかしなことを考えたのは、物語があまりに街に寄り添っていたからだった。しかも、クンデラ作品で、プラハが登場しない物語にさえ、私はプラハの芳香を感じたのだったし、クンデラ自身は、「プラハの春」によってフランスに亡命、１９７９年には、チェコスロヴァキアの市民権をはく奪されているのだった。土地が作家を生む、ということは往々にしてあると思う。私の中でクンデラは、今でも抗い難くプラハと共にある。

例えばハバナに行ったときも、ヘミングウェイという作家が何故ヘミングウェイたりえたのか分かったような気がしたし、太宰治に至っては、まるで青森という土地からにょっきり生えてきたのではないかとさえ思えた。それほど青森は、太宰の母体であった。

その土地の言葉を使っていなくとも、その土地のことを書いていなくても、この土地だったからこそ生まれた作家たち。私はきっとその土地に感謝しなければいけないだろう。

世界には、たくさんの、本当にたくさんの素晴らしい作家がいる。

毎日毎日

同じものを食べ続ける癖がある。

一度気に入ったら、毎日でも食べられる。始まりは、中学生のときの冷やし中華だった。毎日、本当に毎日食べていた。高校のときは、購買のココアパンと学食のオムライスを毎日食べていたし、一人暮らしを始めてからは、トマトクリームのパスタを毎日作って食べていた。

チェーン店やよく行くお店でも、食べるものが決まっている。今日は違うものを食べようかな、と決めていっても、気が付けば同じものを頼んでいる。

最近は、毎日くずきりと豆腐を食べている。昆布だしで炊いたくずきりと豆腐、豚肉とそのときどきの青菜をポン酢でいただく。豚肉と青菜は栄養が気になるから入れているだけで、主役はあくまでくずきりと豆腐だ。今の私の体のほとんどは、くずと大豆で出来ているといっていいだろう。

「よく飽きないね」と言われるが、飽きる。毎日毎日、本当に毎日美味しく食べて、ある日急に飽きるのだ。

一番ひどかったのが冷やし中華だ。初めて同じものを食べ続けたからか、その反動は大きく、ある日急に飽きてからは、見るのも嫌になった。またやっと食べたいなと思えるようになったのは、20代後半になってからだった。それからは、冷やし中華ほどの極端なことはなくなったが、オムライスのことなんて忘れているし、トマトクリームのパスタも、クリームがしんどいなと思っている（加齢かもしれない）。

結婚してからは、夫がいるので、栄養を考えて食事を作ることにしているが、夫がいない昼間は、昔のままだ。毎日「今日は何食べようかな」と、一応考えるのだが、気が付くと、くずきりと豆腐を手に取っている。ストックがないと不安になる。

一時はこれでいいのかと悩んだが、もうこの歳になったら、やめられないと諦めた。このくずきりと豆腐のブームが去ると、次は何にハマるのだろうかと、ちょっとわくわくしてすらいる。

翻訳

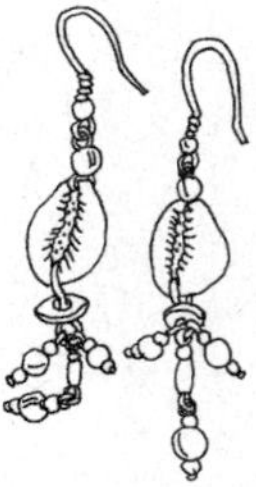

後藤久美子さんのインタビュー記事を読んでいて、ある違和感に気づいた。

「家族が一番だと考えているの」「そうすることが自然だと思うわ」、後藤さんの話す言葉が、すべて、外国人の女優やセレブが話しているのを翻訳したような文章になっているのだ。日本の女優だと、普通「家族が一番だと考えているんです」「そうすることが自然だと思います」ではないだろうか。おそらく後藤久美子さんの「海外で暮らしているとんでもないセレブ」というイメージが、そのような「翻訳文体」を生んでしまったのだろう。

だが、もしかしたら海外のセレブや女優たちも、きちんと敬語を話しているのかもしれない。英語というのは元々敬語がない言語だと言われるが、それでも丁寧に話している言葉を、なんとなくのイメージで「○○だわ」「そうね」みたいに訳されてしまっているのだ。

私も作家としてインタビューを受けることがある。インタビュー記事を読んだ方に初めてお会いすると、時々「想像と違った」と言われる。どう思っていたの、と聞くと、言葉を濁されるが、要は「もっとガサツな、怖い人だと思っていた」ということである。

確かに私の話し言葉は、テキストにするととてもキツい。そもそも公共のインタビューで「めっちゃ」や「やねん」を使うな、という話だが、こと聞き手が仲のいいライターさんだったりすると、思わず盛り上がってそうなってしまう。後ですべて敬語に訂正するのも面倒だし、まあこれが真実なのだし、大体は気になるところだけを訂正するようにしているのだが、やはりそこで残った「ほんま?」や「知らん」が、とてもガサツな、怖い印象を与えるのだ。

テキストは難しい。

最近は仕事のやり取りをほとんどメールでするが、やはりお会いして話すのとは違う緊張感がある。だからみんなメールに絵文字を使うのだな、とハッとした、37歳の秋である。

何を言っているのだか

海外に旅行に行くと、公共施設やレストラン、空港のカウンターなど、様々な場所で思うことがある。

「適当やなぁ」

日本人の感覚からはちょっと考えられないイージーな空気が、そこにはある。

例えばクロアチア、クレジットカードがATMから出て来なくなったとき、駆け込んだ銀行で言われたのは「大丈夫」。そもそもその行員は綺麗な女性だったが、「そうでしたか、申し訳ございません」みたいなことは言われなかったし、愛想笑いも一切なかった。ただ、カードが出ないのだけど、と訴えた私たちに「大丈夫」とだけ。何が？

詰め寄ると、面倒くさそうに、「集金のときにカードが出てきたらカードに鋏《はさみ》を入れて送るから、大丈夫だから」と。いや、それって「大丈夫」なことなの？　だが行員は、これ以上話が出来るような状態ではなかった。なんかイライラしていた。しぶしぶ住所を教えたが、もちろんカードは戻ってこなかった。

　またあるとき、プラハの空港で搭乗予定時間が近づいても一向にカウンターがオープンしないことに焦った。航空会社の人に聞くと、「ビッグプロブレム」の一言。ビッグプロブレムって何よ？　怖すぎるねんけど？　恐ろしげに聞いても「さあ？」、何だったら私だって知りたいわよ、みたいな顔をしている。もちろん、一言も謝られなかった。

　なんていうか皆、悪いのは自分じゃないから、みたいな態度なのである。

　これが日本だったら考えられないだろう。何はおいても会社を代表して謝るのだ、きっと。「そうでしたか、大変申し訳ございませんでした！」素晴らしいなぁ日本。だが、ちょっと海外に慣れた状態で帰国すると、丁寧すぎて時々何を言われているのか分からなくなる。「まことに申し訳ありませんが、お電話をおかけ直しさせていただきましても、差し支えございませんでしょうか？」

　……えーとそれって、あ、「かけ直すわ」ってことね。

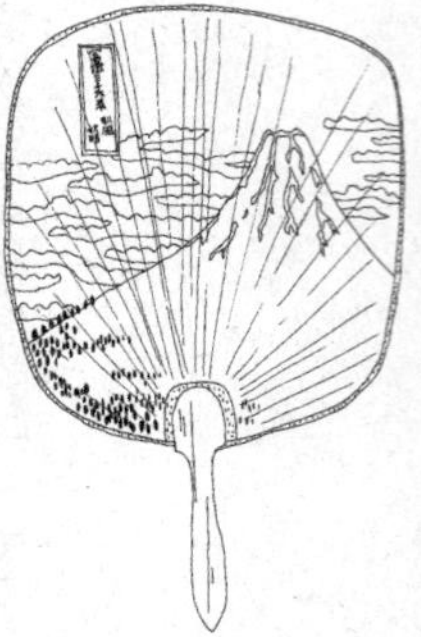

清潔な

近所によく行く焼肉屋がある。古くからやっている焼肉屋で、週末になると、近所の家族や常連さんで大変賑《にぎ》わう。

この焼肉屋が好きなのは、肉が安くてすごく美味しいことはもちろん（あとは、私の大好きなおこげマッコリがあること）、店が清潔だからだ。

すごく生活感のある店だ。窓にはサイズの合わないビニールのカーテンがかかり、ボトルキープのお酒が置かれた棚には、謎の置物や折り紙でおられた鶴なんかが並んでいる。レジスターは時代ものだし、トイレは和式だ。でも、とにかくすごく清潔なのだ。

都心に行けば、すごく綺麗なお店はある。焼肉屋さんとは思えないほどスタイリッシュで、お洒落なお店は。

でもそこは、そういうお店とは全然違う、綺麗なんかじゃない。でもすごく、清潔なのだ。例えば和式のトイレは、相当古びているけど、きちんと掃除してあるのが分かるし、壁に貼られたメニューは、茶色くすすけているけど、丁寧に丁寧に書いたものだと分かる。ああ、清潔だなぁ。

例えば舞台や映画、本や音楽に触れていても、そう思うときがある。どれだけ猥雑《わいざつ》なことをやっていようが、暴力的な表現があろうが、どうしようもなく「清潔だ」と思う作品が絶対にあって、私はいつもそれに感銘を受ける。つまり、「清潔」って、物理的に整理整頓されているから、掃除されているから、ということだけが原因ではない。

それって、何なのだろう。

うまく説明できないけど、私はそういう人間になりたいなと思う。清潔な人。そういえばこの店のママは、古びた服を着て、家庭的なエプロンを巻いているが、どんなときでも笑って、丁寧に接客してくれる。いわゆる綺麗な人ではない。でも、綺麗な人よりかはよほどずっと一緒にいたい。

こうやって書いていたら、また行きたくなってきた。不思議で、とても素敵な店である。

不特定多数の友達

喫茶店でお茶を飲んでいたとき、ある女性たちの会話が耳に入った。

「大変だったよねー、バザーとか」「そうそう。○○さんって人、○○ちゃんのママなんだけど。その人が随分前から準備始めたいって」「しかも、全部手作りのものを売ろうって、ねぇ！」「全部縫わされたわよねー」

保育園か、小学校のお子さんをお持ちのママ友同士だろうか。私は彼女らに背を向けて座っていたので見えなかったのだが、会話を聞く限り、新米のママ友に、古株のママ友ふたりが、バザーや行事ごとの大変さを教えているようだった。

「○○組の○○先生、ほら、ちょっとギャルっぽい先生もさ、○○さんの言いなりだったし」「ねぇ、○○先生は一昨年から来たんだけど、いつまでもそんな新米っぽくしなくていいのにさぁ！」

聞いているうち、違和感を覚えた。話し続けるふたりに比べ、「もうひとり」の声がまったく聞こえてこないのだ。

「運動会のときだって、ほら」「そう、ひとりひとりで食べればいいのに」「みんなでまとまって食べようとか言われちゃってさぁ」

その後も不自然な会話は続いたが、帰るとき、彼女らの席を見て驚いた。彼女らは、ふたりで話していた。「もうひとり」はいなかったのだ。

じゃあ、あの説明口調は何だったのだろう？　私はパニックになった。店内には私と彼女らしかおらず、もしかしたら私に説明してくれていたのだろうかとまで思った。その割に私が席を立ってもこちらを見向きもしない。なんか夢を見たような気持ちで外に出て、あることに気づいた。彼女たちの会話は、ツイッターに似ているのだ。ツイッターは不特定多数の人に向けて発する分、どうしても説明口調になる。「○○という○○は好きだったけど、最近○○になってから好きじゃなくなった」みたいに。

窓から見ると、彼女らは熱心に話し込んでいた。なんだか訳もわからず怖くなって、足早にその場を去った。

劇的に

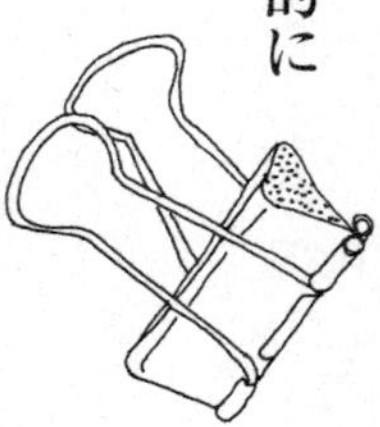

肉をあんまり食べられなくなった。

はじめは、サシの入った高級な肉を食べると、翌日全部吐いてしまうという悲劇からスタートした（最近は良い肉を食べるときに、ビールではなく赤ワインを一緒に飲むと吐かないということに気づいたが、それでも胃がもたれる）。それから徐々に肉全般に弱くなり、最近に至っては脂の乗った魚まで注意しなければならなくなった。加齢だ。

友人に若い男性作家がいる。

素晴らしい才能と華々しい経歴を持っているのに、ものすごく謙虚だ。酔って絡んでも受け止めてくれ、何よりめちゃくちゃ面白い。

私なんかよりよほど大人として素晴らしいから、普段彼のことを「若いなぁ」と思うことはそうそうないのだが、でも唯一思う瞬間がある。食べ物に関してだ。

彼とメールをしていたとき、フグのことを「劇的に無味……！」と書いていて吹きだしてしまった。彼の言い方に笑ったのはもちろんだが、私が若い頃ももやもや思っていたことを的確に言ってくれて、嬉しくもあったのだ。

フグって劇的に無味……！

でも今、フグが美味しい。とてつもなく美味しい。

特にてっさなんて最高だ。正直バカ舌なので、フグじゃなくてポン酢が美味しいのと違うかと思うが、それでもそんなこと、昔は思わなかった。「ポン酢？　は？」って感じだったのだ。でもフグ、美味しい。フグ……。

彼とごはんを食べにいくと、だから私は嬉しい。私たちが残した肉を、彼は綺麗に平らげてくれる（そのことを伝えると「美味しかったから。味したし」と返って来た。その返事にも吹きだした。「味したし」って！）。

彼に関しては、尊敬することばかりなので、ここぞとばかり「可愛いなぁ」と思う。どんどん肉食ってほしい。いつまでもフグをないがしろにしていてほしい。

「フグって劇的に無味……！」

親しみ

著作物の使用許諾書を書いていて、ふと気づいた。

名前を書くところは「ご芳名」、住所のところは「ご住所」、電話番号は「お電話」など、丁寧な書き方をされている。礼儀として、「ご芳名」の「ご芳」、「ご住所」の「ご」、「お電話番号」の「お」を棒線で消すのは分かるのだが、それに続く「FAX番号」、「E-MAIL」に関しては、消すところがないのだ。つまり、「そのまま」なのである。

私はそれらをじっと見た。段々、「FAX」や「E-MAIL」が軽んじられているような気持ちになってきた。なんだろう、自分の子供たちの中でふたりだけ呼び捨てで呼ばれたような気分だ。

「お」とか「ご」とかをつけられるものと、そうでないものは他にもあって、例えば関西では豆のことを「おまめさん」と言うし、芋のことは「おいもさん」と言う。「お」だけではなく、「さん」までつくのだ。ごまのことを「おごまさん」とは言わないし、かぼちゃのことを「おかぼちゃさん」とは言わない。この線引きは何なのだろう。
丁寧に呼ばれるものは、土地になじみがあったり、皆に愛されているものだという
ことを聞く。例えば「さん」をつけて呼ばれるお寺やお店は、確かにその土地に昔か
らあって、皆から親しみを覚えられている。
丁寧な呼び方が親しみの表れだとしたら、我々はごまやかぼちゃよりも、豆や芋の
方に親しみを感じているということなのだろうか。そして、親しみ度でいえば、先の
「住所」や「電話」などは、「FAX」や「E-MAIL」よりも共にある歴史が長い
ので、この使い方は正しいのかもしれない。それにしても、もう2015年である。
「FAX」なんて、大ベテランだし、今や「E-MAIL」がないと暮らしてゆけない。
自分にとって親しみのあるものにだけ「お」や「さん」をつけるのはどうだろう。
おくずきりさん。おワインさん、お猫さん。やっぱり変か。

種

時々ランニングをしている。

私が走っているのは近所の大きな公園なのだが、先日そこで素晴らしい景色に遭遇出来た。ご夫婦だろうか、おじいさんとおばあさんがいらした。そこに、恐らくおばあさんの知り合いだろう、別のおばあさんが合流していた。女性同士仲良く立ち話をしているのだが、おじいさんは退屈そうに、二人の話が終わるのを待っている。

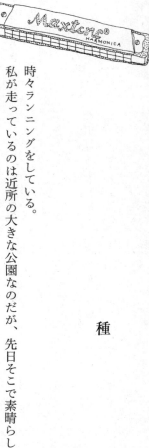

これだけならどこにでもある景色かもしれない。でも普通と違ったのが、おじいさんとおばあさんが、グローブをはめていたことである。グローブ！　つまりふたりは、キャッチボールをしに公園にやってきて、そこで知り合いのおばあさんに会ってしまったのだ。

グローブをはめたままお喋りに興じるおばあさんはめちゃくちゃ可愛かったが、はやくキャッチボールがやりたくてうずうずしているおじいさんが壁当てをしていた姿は、叫び出したくなるくらい美しかった。実際走りながらちょっと叫んだ。その瞬間脳内物質がぶわあっと溢れ、私はこう思うわけだった。

「書きたい！」

でも、この素晴らしい景色をそのまま書くのではだめだ。例えば退屈のあまり本気で壁当てをしているのがおばあさんだったらもっと素敵かもしれない。それか、力強く素振りをしているのは？　本格的なキャッチャーミットをはめていても面白いかも。この景色に出逢うのはどんな人間だろう。おそらくこの景色に出逢うまでは鬱々《うつうつ》とし、苦しんでいた人物だ。それは女性だろうか、男性だろうか。子供かもしれないし、日本にやってきた外国人かもしれない。どうして苦しいのだろう。どうして救われたのだろう。

こんな風に、私の胸に物語の種が植えられる。種はいつか育ち、その頃には元見た景色はあとかたもなくなっていることもある。でも私は種が植えつけられた瞬間のことを忘れない。種は芽吹いた後も、私の胸の中でいつまでも光っているのだ。

第2章　日々のこと　その後

決意の上京　夢が現実に

私は就職しなかった。就職氷河期でもあったし、フリーターの友人が皆自由で楽しそうに見えたからだ。あらゆるアルバイトをした。そんな中の一つが情報誌のアルバイトで、そこで書く楽しみを覚えた。喫茶店のアルバイトが暇で、それで小説を書き始めた。

最初は太宰治を模倣した短編を書いていた（そのうちの一つが後に『さくら』という小説になった）。楽しかったけれど、それは自分の言葉ではなかった。自分のことを書こう、と思って最初に書いたものが当時の自由な友人たちをモデルにした「サムのこと」（『あおい』に収録されている短編）で、次に書いたのが表題作の「あおい」だった。あ、これは他のと違う、と思った。そこからは猪突猛進《ちょとつもうしん》だった。上京を決め、すぐに引っ越した。大阪でも小説は書けたが、楽しすぎた。もっと自分を追い込んで、孤独にならないと小説家になんてなれないと思った。親には「東京で就職が決まった」と嘘《うそ》をついた。私が何をしても、両親は絶対に咎《とが》めなかった。だからもう心配させたくなかった。

上京してももちろんすぐに小説家になれるはずもなく、私はまたアルバイトに明け暮れた。下高井戸から徒歩35分のアパートで、押入れの上段を机にして何度も2作を書き直した。文芸誌の新人賞もろくに知らなかったので、知り合った音楽雑誌の編集者の方に「書いた小説を読んでください」とお願いした。すると「文芸の編集者を紹介してあげる」と言ってもらえた。それが小学館の石川和男さんだった。

当時石川さんは『世界の中心で、愛をさけぶ』という大ヒット作を出していた。石川さんに手紙を書き、教えてもらった住所に送った。返事が来るとは思っていなかったから、数日後留守電にメッセージが入っていた時は信じられなかった。お会いしたのは渋谷のセルリアンタワーだ。ケニア国旗柄のタンクトップを着た私は完全に浮いていた。でも、石川和男さんも浮いていた。大ヒット作の敏腕編集者、と聞いて怯《おび》えていたが、スーツを着ておらず、痩せて背が高くて、「気のいい兄ちゃん」という感じだった。名刺をくれたけれど小学館のはシンプルすぎて簡単に作れそうだったし、「石川和男」という名前も嘘っぽかった。気持ちを察したのか、石川さんは何度も「怪しいですよね？」と言った。それがまた怪しかった。

石川さんは私に一度も、ただの一度も偉そうな態度をなさらなかった。「西さんの作品を本にしたいです」と、丁寧に仰《おっしゃ》った。今まで私は散々石川さんに失礼なことをしてきたけれど、石川さんは最初から徹頭徹尾、私を「作家」として扱ってくれた。

自分の夢が現実になることが信じられなかった。そうだお母さん、と思った。私は毎日母に嘘のFAXを送っていた（母は携帯を持っていなかったし、声を聞いたら泣いてしまうと思ったから）。電話して本当のことを話し、自分の作品を本にしてもらえるらしい、と伝えると、パニックになった母の最初の言葉が「お金渡してへんやろうな⁉」だった。母はその時に書いたメモを今も持っているそうだ。

母との電話を切ってから、夢を見ているような気持ちで渋谷の街を歩いた。今でも渋谷を歩くと、ケニア国旗柄のタンクトップを着た私、夢を見ているような顔でフラフラ歩いている私と、どこかですれ違うような気がする。

両親のおかげで生まれた物語

直木賞受賞の知らせを、誰より喜んでくれたのは、もちろん家族だった。

特に、両親は本当に本当に喜んでくれた。ふたりとも、私には「大丈夫」と言ってくれていたのだが、後で聞くと、私の夫に「もしだめだったら、なんて言って慰めようかと思っていた」、そう言っていたそうだ。

記者会見の際、両親に言われた言葉についてお話させていただいた。そのことについて、もう少し詳しく書きたい。

父は、私が小さな頃からずっとこう言ってくれていた。

「お前は自分から産んでくれと言ったわけではない。お父さんとお母さんが勝手に産んだんだから、自由に、好きに生きなさい。ただし、人に迷惑をかけてはいけない。そして、自分のやったことに責任を持ちなさい」

父は本当に、その言葉通りに生きさせてくれた。大学を卒業して就職せず、アルバイトで生活していたときも、父は何も言わなかった。ただ、私を信じて見守ってくれていた。信じてもらえると、かえって父を心配させるようなことはしたくなくなるのだ。作家になるために上京を決めたときも、「東京で仕事が見つかった」と嘘をついた。でも、もし本当のことを言ったとしても、父は許してくれただろうと思う。父の子でなかったら、私は作家になってはいなかった。

母に言われていたのは、「もの喜びしなさい」ということだ。それは、母の母、私の祖母がずっと言っていたことで、それが母、そして私へと受け継がれた。もの喜びは関西の方言なのだろうか、会見ではその意味を、「大げさに喜ぶようなこと」と語ったが、実際には「小さなことでもひとつひとつ喜ぶこと」というような意味だそうだ。母はとにかく、「ありがとうを言いすぎることはない」と言っていた。

私は大変な「調子乗り」なので、嬉《うれ》しいことがあるとすぐに、その状況に胡坐《あぐら》をかく。つまり、すぐに感謝を忘れる。だがしばらくするとふと、母の言葉を思い出す。この状況はとんでもない僥倖《ぎょうこう》であるのだと襟を正し、心の中で手を合わす。もちろんそれがすべて出来ているわけではない。やはり調子に乗って偉そうになったり、感謝すべき相手を傷つけてしまったり、「もの喜びする」ことを実践するのは、なかなか大変である。大変であるからこそ、それが出来る人間になりたいと思う。

『サラバ！』の主人公、歩《あゆむ》は、私と同じような経歴を持つ。テヘランで生まれ、カイロに渡り、大阪で暮らし、年齢も私と同じだ。インタビューでよく、「これはご自身のことですか」と言われる。私は小説を書いたのであるから、これはもちろんフィクションである。私は歩ではないし、歩の両親は私の両親ではない。

だが、私が私の両親から生まれてこなければ、『サラバ！』を書くことは出来なかった。私が私として生きてこなければ、この物語は生まれなかったのだ。だから直木賞という大きな賞をいただいたのは、やはり両親のおかげだ。

素晴らしいこの賞を、両親に贈りたいと思う。

未来

２０１５年は『バック・トゥ・ザ・フューチャー2』の設定年であるという。スティーブン・スピルバーグ製作総指揮の著名なこの映画シリーズは、皆さんもちろんご存じだろう。主人公マーティがデロリアンという乗り物で様々な年代にタイムスリップするエンタテインメントだ。劇中の２０１５年では、スケボーが宙に浮き、車が空を飛び、靴紐は自分で結ばなくても自動的に結ばれていた。

当時はびっくりしたし、ワクワクもしたが、いわゆる未来ものの「未来」って、なんか共通しているなと今になって思う。流線型とかなにやら新素材の服とか、無機質なインテリアとか。なんとなくだけど、どんどん「宇宙っぽく」なってゆくのが、皆の共通認識だったのだろう。私はもし未来になっても、あんな素材の服は着たくないなぁと思うし、インテリアも木を基調にしていたい。当時12歳だったが、正直今も、あの当時と同じような格好をしているときがある。人間って、あんまり変わらないのだ。ああでも、昨年行ったシンガポールは、限りなく「当時の未来」っぽかった。そういうものを望む時点で、やっぱり人間は変わらないのかもしれない。

その点昨年公開された『インターステラー』の描く「未来」は違った。年代は明示されていないが、地球が砂で覆われ、作物は枯れ、その影響で酸素が減っていっている。人類は早急に地球以外の居住可能な惑星を探さなくてはならず、その任務を負ったひとりの男が仲間と共に宇宙へ旅立つ。服装も家も、今とまったく変わらない。親子の愛も、人間の体の脆さも。でも私はこの映画に、ものすごく「未来」を感じた。監督であるクリストファー・ノーランという存在に対してだ。

誕生して100年以上経ち、映画は進化し続けている。技術に疎い私でも、ほとんどの映画がCGで制作されているのは分かるし、そのCG技術自体がどんどん進化しているのも知っている。だがノーラン監督は、このCGを好まないそうだ。ほとんどを極力実写で撮影し、映像にリアリティを持たせるらしい。この「映画の原点を大切にする」という感覚も、映画の進化という「未来」があってこそだと思う。

ノーラン監督は劇中で五次元の世界を見せている。そこだけはさすがにCGだったが、本当にすさまじかった。こんな映像は見たことがなかったし、こんな感覚を味わったこともなかった。今まで誰もやったことのない世界を見せる勇気は、いかばかりだっただろう。下手すれば、そのシーンひとつで興ざめということもありうるのに、ノーラン監督は堂々と、我々が今まで見たことのない世界を提供している。今までも、映画は勇気ある監督たちの覚悟によって進化してきた。その系譜の最前線に、ノーラン監督はいると思う。それほどすごい映画だった。

さて私の「未来」である。私も今、自分の「未来」にいる。私の思う「未来」とは、小学生の頃に思っていた「未来」だ。つまり『バック・トゥ・ザ・フューチャー2』を見ていた12歳頃の私の思う「未来」である。当時、自動販売機のジュースは100円だった。友達に連絡するときは、家の電話でダイヤルを回していた。テレビはブラウン管、リモコンもなかった。電子マネーも携帯電話も液晶テレビも、想像すら出来なかった。スカイプで世界中の人と無料で話すことが出来、伝えたいことはメールで一瞬で届くなんて、こんな未来、想像もしていなかった。

もっというと、自分が直木賞作家になることなんて、まったく、微塵も、想像していなかった。自分が今ここに自分としてあるのは、今までの一秒一秒の積み重ねで、その積み重ねと共に自分はあったわけだから、私は徐々に今の自分になったわけだ。でも、その数秒を大いにすっ飛ばして昔の自分を思い出すと、この「未来」は凄まじい僥倖と光栄に彩られている。

正直この驚きは、『バック・トゥ・ザ・フューチャー2』の未来を見たときより、『インターステラー』の未来を見たときより、うんとうんと大きい。すごいなぁ、未来。

夏の強い私

年々冬が好きになっている。

若い頃は「好きな季節は断然夏！　夏に決まってるやろ冬好きな人っておんの」とまで思っていたが、今は冬が好きだ。大好きだ。温泉、素敵なコート、こたつと猫、あたたかい鍋。そういえばこうやってあげた言葉は、すべて青春とかけ離れている気がする。つまり私はどんどん青春から遠ざかっているのだと思う。

「生涯青春」というような言葉もあるけれど、でも、やっぱりどうしても青春は、特別な年齢に許された、特別な時間のことだと思ってしまう。そこに夏がついたらなおさらだ。ああ、そういえばあれは青春だった、そう思い出すことは、大抵夏に起きている。私がまだ叫び出したくなるくらい大好きだった頃の夏に。

みんなで自転車に乗って、無駄に遠い公園まで出かけて迷ったこと。ロケット花火を打ち合って、友達が火傷をしたことや、キャンプに出かけて豪雨に遭ったこと。クリーニング屋の軒先で好きな男の子と雨宿りしながら、朝まで話したこと。こっそり全裸で泳いだ海のこと。

こうやって書いていると、なんていうかもう、あまりにあまりすぎて、どれも小説にはならないなぁと思う。読者に「それで?」と言われそうだ。でも、その「小説にならなさ」にこそ、美しさを感じる。スーパーオーソドックスな、大人がはにかんで直視できないようなことをやってのけるのが「夏の青春」だと思う。誰かに「それで?」と言われても、「だって楽しい!」と叫んで、ただただ美しさの渦中に居続ける強さ。その強さを、私も持っていたのだ。

今でも夏は好きだ(嫌いじゃない、という程度か)。でも、車を運転するときは日焼けしないように腕カバーをつけるし、自転車移動なんて絶対にごめんだし、蚊も汗をかくことも嫌だ。それはただの「夏の私」だ。かつての「夏の強い私」は、もういない。

ぐっとくる

女性の人生に寄りそう服1

仕事、といえば私の場合は小説を書くこと、そして最近は絵を描くことになる。テレビや雑誌、トークショウに出演させていただいたりもするけれど、それは仕事というよりは「ご褒美」や、たとえ楽しくなくても（すみません）「スペシャルな何か」であることには変わらなくて、だから私の「仕事着」はジャージであったりパーカーにスエットだったりする。こう書くと寂しいけれど、でも書くときにお洋服が皺にならないかなんてことを気にしたくないし、絵を描くときには実際服が汚れてしまう。だから、素敵な「仕事着」を着ている人には無条件でぐっとくる。

以前、これもスペシャルな仕事で、あるイベントに出させていただいた。化粧品会社が主催する美について、そして本についてのトークショウで、だからスタッフにはプロのイベント会社の方達だけではなく、その化粧品会社の方達もいた。楽屋で打ち合わせをしたり、ケータリングを用意してくれたり、会場にやってくるお客様の整理をしたり、彼女たちは非常に忙しそうにしていて、でも綺麗だった。中でもひときわ素敵な人がいて、その人は黒いワンピースを着ていた。

春だった。会場もボタニカルな装飾が施され、非常に春めいていて、なので私にも「モノトーンではなく、明るい色のお洋服を着てきてください」とリクエストが入っていた。私は水色と白のワンピースを着て行ったのだけど、スタッフの皆さんはみんな黒い服を着ていて、つまり文字通り黒子に徹してくれていた。

あらゆる黒い服の中で、どうして特にその人に惹かれたのか考えていると、ただの黒い服ではなく、非常に陰影のある黒だったのだ。まず、ワンピースだと思っていたのは、前がダブルになった膝までの長いジレだった。ジレの下に、張りのある素材の黒いシャツを着ていて、少しだけ透ける黒いストッキング、動きやすいメリージェーンの黒いパンプスはエナメル。同じ黒でもニュアンスが違うものを合わせていたから彼女のいでたちはそれだけでなんだか奥行きがあった。

あんまり素敵なので、私はその人を捕まえて、「お洋服どこのですか?」と聞いてしまった。彼女は恐縮しながら答えてくれたのだけど、私も(きっとみんなも)知ってるスーパーカジュアルなブランドの、少しだけハイクラスなものだった(ハイクラスといっても全然高くなく、むしろ安いほど!)。まったくそんな風に見えない彼女の着こなしに私はますます参ってしまった。後に、イベントを見に来てくれた女性編集者が楽屋に挨拶に来てくれたのだけど、彼女もその人にどこのお洋服か聞いたというのだから、どれほど素敵だったか分かってくれると思う。

例えば清潔な白いシャツを着ているその手首に美しい装飾の金のチェーンを巻いている人や、鎖骨を美しく見せたブラウスを着ているけれど、かがんだときに胸元が見えないようにぴたりとした素敵な素材のベアトップを着ている人や、素晴らしくフィットしたパンツだけど、決して窮屈そうではなく、なおかつ絶対に下着のラインが見えないようにしている人は、本当に素敵だ。自由奔放、着たいものを着たいように着ている人ももちろん素敵だけれど、それ以上に仕事着を楽しく着こなしている人にはぐっとくるのだ。


この「ぐっ」はなんだろうと考えていると、優れたアウトドア製品を見ているときに似ているのだと気づいた。見たことのない柄やカラフルな色を使っていて、または穏やかなアースカラーを使っていてデザイン的にもときめくけれど、縫製がこれ以上ないほどしっかりしていたり、ちょうど欲しい場所に頑丈な取っ手がついていたり、驚くほど軽くコンパクトに折りたためたり。「ほう！」と叫びたくなるような嬉しさがそこにはある。

ルールにのっとっていて、きちんと機能的で、でもときめきを忘れない。

それはそのまま素敵な人に当てはまるのではないだろうか。嬉しいのか悲しいのか、人生の大半は「仕事の時間」だ。その時間を「ほう！」をたたえながら過ごしている人に、私はもっと会いたい。

変わってゆくこと

女性の人生に寄りそう服2

今年40歳になった。

動物として「次のフェーズ」に入ったという感じだ。からだの変化を感じるし、心の変化も感じる。冷えたらてきめんに体調が悪くなるし、夜10時くらいになると眠たくなるし（朝まで飲んでいたなんて信じられない！）、お花や木を見るのが本当に好きになったし、美しい仏像を見るとありがたくて泣いてしまう（そして手を合わす）。同時に、自分のあまりの変わらなさに驚いてもいる。自分が幼い頃、そして若い頃想像していた「40代」と自分があまりにもかけ離れていることに愕然としているのだ。

例えば私が小さな頃の40代は、正直もう立派な「おばさん」だった（敬意をこめて！）。くるくるのおばさんパーマをしている人もいらしたし、外に出るのにエプロンをしている人もいらしたし、お洋服はきちんと「おばさんの服」売り場で売っているようなものを着ていらした（そもそもデパートにそういうフロアがあったのだ、今もある？）。

でも私は、いつまでたっても「おばさん」になれずにいる。もちろん無理してそうなる必要はないし、自分が心地いいのが一番だけど、お洋服を選んでいてふと、「こういう服、いつまで着てていいの？」と思うときがある。

私が思うに、40代ってお洋服のボーダーな気がする。50代、60代、70代の先輩方を見ているとお洒落を思い切り楽しんでいらっしゃるなぁと思う。ピンクや花柄を堂々と着ておられるし、フリルだってレースだってフレアスカートだって、着たいものを好きに着る、ということに徹底されていて格好いい。フューシャピンクのコートに真っ白い髪をした先輩を見たときはついてゆきたくなるほど素敵だったし、クラシカルで繊細なレースには細い皺が似合うし、美しい宝石のついた指輪だって、若い皮膚より年月を経た皮膚の方が絶対にしっくりくる。

でも40代は、「まだそこまで到達できない」けれど「もちろん若くない」という境界線にあるように思う。白髪と似ているかも。染めるほどではないけれど、でも明らかに増えてきた、いっそ真っ白になれたら素敵なのに、そんな感じだ。友人たちに聞いても皆ピンクを躊躇《ちゆうちよ》しているし、すごく綺麗な脚をした友人も膝上のスカートははかなくなった。それで集まると、黒やグレーやネイビーの、からだを隠したなんだか無難な服を着ている集団、ということになってつまらない。

その一方で、若い頃は似合わなかったけれど、この年になったから似合うものも出てきた。私の場合は白いシャツだ。20代、30代（特に前半）は、白いシャツがまあ似合わなかった。ロマンティックなものなんて論外で、メンズライクなシンプルなシャツもだめ。私が着るとなんだか「深刻」になるのだ。なんていうか、独自の宗教を信奉していそうな感じというか……。

でも、30代の後半から、白いシャツが好きになった。顔の筋肉が下がって表情が柔らかくなったからだろう。首元の皺も良い感じだし、くたびれてきた皮膚にもなじみがいい。他には光沢のあるパールもそうだし、クラシカルなトレンチコートもそうだし、鮮やかなスカーフもそうだ。

着ることができなくなったものももちろん多いけれど、こうやって新しい発見があるのは嬉しい。1年後、10年後、20年後、私は若い頃の私が思いもしなかったお洋服を着ているかもしれない。そう思うと年を取るのが嬉しい。お洋服は、思いがけない喜びを私たちにもたらしてくれるのだ。いつだって。

愛された

2011年の10月に、チベットに行った。

その年の3月、震災の直後にブータンに行ったのだけど、人々の中で祈りがまるっきり日常になっているその様や、砂で描かれた曼荼羅《まんだら》、極彩色のタンカ、とにかくあらゆるものに惹かれた。そこで出逢った人は皆チベットの話をしていて、中でもポタラ宮は是非見てほしい、と言っていたので、これはもう絶対行かなければと思ったのだった（なんて書いているけれど、ブータンで見てもらった高名な占い師の方に、「前世はチベットのお姫様だ」と言われたことが大きかった。だってお姫様なんて言われたこと、初めてだったのだ！）。

作家の友人を誘った。結果、私を含め4人で旅をすることになった。中国の西安から青蔵鉄道という列車に乗って、一昼夜かけてチベットを目指す。鉄道の旅が楽しくて仕方なかったのだけど、この鉄道が出来たおかげで中国からチベットに行きやすくなり、結果チベットの文化が蹂躙される要因になったと後で聞いた。

そうなのだ、この旅はショックを受けた旅でもあった。チベットの独立問題や中国との関係、ダライ・ラマの亡命などは知っていたつもりだったけれど、ブータンで聞いたその「エキゾチックさ」、それだけをチベットに求めていた私（なにせ「お姫様」に浮かれるような人間なのだ）には、知らないこと、そして知らなければいけなかったことばかりだった。

ポタラ宮は素晴らしかった。歴代のダライ・ラマが座っていた玉座を見たときは震えたし、僧侶が作ったバター彫刻を見たときは言葉を失った。でも私はやはり、チベットという土地がいかに蹂躙されてきたか、ということばかりを考えた。古い寺が取り壊され、文化を拒絶され、言葉を奪われてきたチベットの人々のことを思うと胸が痛んだ。そしてその痛みは、自動的に「そんなことをした中国人」に対してのわだかまりに変わった。

ジョカン寺、という寺があった。チベット人にとっては精神的支柱のような寺だ。参拝する人は皆、手に手にマニ車を持ち、中には数十キロの巡礼の旅を終えたボロボロの装束を着た人もいて、五体投地をしながら寺の周りを回っている。見ているだけで胸が熱くなるような光景だった。

一方で周辺には様々な店が軒を連ね、「エキゾチック」な民芸品や土産物を売っている。安価で買われたチベット人の民芸品もあって、何人かのチベット人もいる。そして、その売り上げはほとんど中国人のオーナーの手に渡ると聞いた。そもそもジョカン寺の周りには大きな銃を持った中国兵がうろついていて、神聖な場所と呼ぶにはあまりにものものしい気配が漂っていた。「中国人って」と思った。どうしても、そう思ってしまった。

その夜、皆で食事をしているとき、自分が思っていることを話した。私たちが滞在している宿にも「中国人」の観光客が大挙して押し寄せていて、レストランでは中国式のブッフェが並んでいた。私はその頃には、それにさえもわだかまりを覚えるようになっていた。「中国人って」と声に出したとき、友人のひとりがはっきりと言った。

「中国人、という大きな枠でくくるのはよくないと思う」

頬をはたかれたような気がした。

その通りだった。私は彼らを「中国人」という「 」の中にひとくくりにしてほうりこみ、はっきりと「悪者」にしようとしていた。「中国」を「チベットを蹂躙する国」というやはり雑な「 」に入れて、ひとりひとりの体温に触れようとしなかった。

もちろんチベットが、チベット人が蹂躙されていることは事実だ。だけど作家として、その前にひとりの人間として、何かを大きくまとめてしまうことの怖さを、きちんと自覚しておくべきだった。恥ずかしくて、その夜はなかなか眠れなかった。明け方になり、やっとウトウトしながら夢を見た。ジョカン寺の夢だった。

最終日、私はひとりでジョカン寺の周りを回った。

銃を持ってうろついている中国兵が、チベットの子どもを優しく抱き上げるところをずっと想像しながら歩いた。それは昨日の夢で見た光景だった。何十周も歩いていると、からだの機能がぼんやりしてきた。でもかえって頭は冴え、その光景はもうビジョンとしか呼べないほどクリアに見えるようになってきた。

だから、実際その景色を目の当たりにしたときは驚くというよりも、やっと出逢わせてくれた、という感じだった。

銃を持った中国兵が、チベットの子どもを抱き上げ、優しくあやしていたのだ。想像でもビジョンでもなく、それは現実の光景だった。今思うと嘘のような話だけど、本当だった。私はその光景を見ながら泣いた。

帰るとき、そこでセーターを買った。中国兵に抱きかかえられたチベットの子どもが着ていたような、まあるいシルエットのセーターだ。

チベットの子どもは、愛されている子が皆そうなように、あたたかく、やわらかなものでくるまれている。遠くから見るともくもくとまん丸で、すごく太って見える。彼らが着ているのは山羊の毛のセーターだ。顔を近づけると山羊のにおいがした。野性的なそのにおいは、でもかえって彼らをあたためるような気がして羨ましかった。

それを着るとき、私はもちろんあの光景を思い出す。野性的なにおいと共に、人が一人の人間として生きていたあの光景を。

ハンドルを握る、自由な私

人生の転機はたくさんあるけれど、わたしにとって車に乗り始めたことは、猿が道具を使うのを覚えたことくらい劇的な変化だと言っていいと思う。

正直、都内で車なんて必要ないと思っていたし、電車やタクシーを使えば、どこにでも行くことは出来た。物理的には。

でも、精神の面では移動のハードルはものすごく高かった。電車を乗り継ぐのは難しいし、タクシーはいつも酔う。だから、外出先は自然と限定されていた。そんな私の人生に、車が登場したのである。

初めてひとりで丸の内に行った日のことは忘れられない。東京の西側に住んでいる私からすれば、丸の内なんて東京を横断する大移動だった。でも、車だ！　移動距離は変わらない。東京横断。でも、その移動がこんなにも楽しくなるものなのか。それからは、ずっと車に乗っている。

いつも感じるのは自由だ。ハンドルを握る行為、ひとりきりの空間。私はどこにだって行ける、と、大げさではなく思う。自分が頼もしくて仕方がないのだ。

執筆に煮詰まって海を見に行ったこともあるし、軽井沢に住んでいる友人に会いにも行った。高知県では室戸岬までドライブして、アラスカでは誰もいない荒涼とした土地をひた走った。

フェイスブックやインスタグラムで、世界が広くなったと言われる(狭くなったと言ってもいいのか)。今は、世界中の人と簡単に繋がれるから。それは素晴らしいことだけれど、私はSNSをやっていないので、もっぱら「世界を広げる」行為は車に頼ることにしている。バーチャルで繋がれるものとは規模が違うけれど、私にとっては目に見えるこの景色、耳に届くこの音で十分だ。世界はどんどん広がっている。

今日もハンドルを握ろうと思う。私は自由だ。

爪と桜

40歳になる、というと特別な感慨を抱くだろうと思っていたのだけど、あっさりしたものだった。20歳になる時や30歳になる時の方がなんやかんや騒いでいたように思う（はしゃいでいたと言ってもいいのか）。とにかく賑やかだった過去と違って、私の40代は、とても静かに始まった。

　年々、自分の誕生日のスペシャル感がなくなっていっているような気がする。一人で誕生日を迎えるのも平気になったし、いつだったかは、人に言われるまで自分の誕生日を忘れていたこともあって、レストランでバースデーケーキを出していただいた時は驚いた。

　思えば、誕生日のサプライズを本当の意味でサプライズするようになったのも最近ではないだろうか。若い頃は、誕生日が近づくと、何かしらサプライズがあるのではないかと、いやにソワソワしていた。サプライズへの覚悟ができていたのだ。今思えば、厚かましいよなぁと思うし、微笑ましくも思う。

そんな風に、誕生日の感慨はほとんどなくなってきたけれど、年齢を重ねることへの実感は日に日に増している。例えば春の桜。

若い頃は桜の開花日なんて興味がなかったし、桜の名所に行きたいなんていうことも考えたことはなかった（お花見は「外でお酒が飲める」というその一点で好きだったけれど）。ましてや、家の近所の桜の木をじっと見つめる、なんてことなどなかった。私は桜の木の前を、ただ足早に通り過ぎていたのだ。でも最近は見る。じっと見る。

桜が咲く、と聞くと、自動的にソワソワしてくる。電車の窓から立派な桜並木が見えて、いてもたってもいられなくなって途中下車したこともあるくらいだ。桜の気配がすると足が自然と早まる。そうやってたどり着いた木を前にして、泣きそうになっている。

桜の花をスマートフォンに収めたりはしない。ただただ、自分の網膜に焼き付ける。一番美しい瞬間を見逃したくないと思う。この美しさを覚えておけ、私の脳みそ。

若い頃、そこまで興味がなかった桜に興味を持つようになったのは、私の感性が年齢と共に変化してきたからだろう。ではどうして変化してきたのかというと、細胞レベルで「桜を愛でることができる残り時間のカウントダウン」が始まっているからではないだろうかと思う。

80代、90代の大先輩たちからすれば「何を甘っちょろい」と思われるだろう。でも、いくら40代が「若くなった」昨今とはいえ、やはり体はきちんと40代だ。あちこちガタがき始め、何人かの友人の死を経験する。同じ一瞬がもう二度と訪れないということを理解し、桜の命そのものを奇跡だと思うようになる（同じような理由で、旬のものにも敏感になってきた）。

さて、そういった精神の加齢とは別に、肉体の加齢は色気がない。シミ、シワ、肌のたるみ、白髪、肩凝り、腰痛、こういった様々な老化は目に見えるぶん分かりやすく、かえって感慨が湧きにくい。でも、この間久しぶりに感じ入ったことがあった。爪である。

幼い頃、祖母や近所のおばちゃんたちの爪が怖かった。手の爪ではなく、足の爪だ。彼女たちの爪は固そうで、ヒビが入っていて、ちょっと黒ずんでいたり黄ばんでいたりした。一番怖いのは小指で、あるおばちゃんの爪は見るも無残に潰れていたし、祖母の爪はかろうじて残っているといった感じ、自分の可憐な桜色の爪とは程遠かった。

30年以上前に恐れたその爪に、ある日再会した。お風呂に入っている時だ。子供と離れて久しぶりにゆっくり一人で湯船に浸かれたから、まじまじと自分の体を見てみたのだ。

親指の爪にはあの日見たようなヒビが入り、小指の爪はどんどん面積を減らしていっていた。色も桜色ではなく、ちょっと黄色がかっていて透明感がなかった。あ、今書きながら見たら黒い部分もある。恐竜化だ！

そういえば、足の爪を最近切った覚えがない。手の爪はよく伸びるから、頻繁に切っているけれど、床にペタンと座って、足の爪をパチン、パチン、と最後にやったのはいつだっただろうか。

鍼《はり》の先生が言っていた。髪の毛や爪、特に足の爪は栄養が最後にゆき渡るのだと。だから、足の爪がきれいな人は、十分栄養がゆきとどいた健康な人だということらしい。

小さな頃の私は健康だった。あの桜色のツャツャした爪が、それを物語っていたのだ。今更ながら母に感謝する。ツャツャした爪でいさせてくれてありがとう。よく切ってもらっていたな。あの頃の爪には、もう戻れないのだろうな。

慌ててオイルを塗ったりクリームを塗ったりしたが、もう遅い。爪は、はっきり老けたのだ。私ははっきり、年を取ったのだ。

この爪だとペディキュアを塗っても恐竜っぽさに拍車がかかるだけだ。今年の夏は、いや、今年の夏から今後ずっと、足指の出るサンダルは諦めないといけないだろう。そう覚悟していたけれど、そういえば数年前から足が冷えるのが嫌なので、夏でもサンダルは履いていないのだった。それを思い出して笑った。そうだ私は、きちんと、まっとうに年を取っているのだ。お腹を出したり背中を出したりしていた頃が信じられない。

あたたかいのがいい。楽なのがいい。

体の声を聞くことができるようになってきたのも、年を重ねた結果だ。色気がなかろうが、おしゃれじゃなかろうが、私はそれがうれしい。

来年もこの爪で、私の体で、桜を見に行こうと思う。

第3章　音楽のこと

どんな音楽聴くの

　誰かに、「どんな音楽聴くの?」と言われて答えるときの、なんとも言えない気恥ずかしさは何だろう。まず、質問がいけない。「どんな音楽」が、漠然としているし、言葉のそこかしこに「お前のセンスどない」という「探り」の匂いがぷんぷんする。だが、この質問は大変に一般的であり、ことに初対面では、その答えによって、「この人と合うか否か」判断する材料になるようである。

　質問に答えるとき、私は気づかれぬようにはっきりと緊張している。そして、蛮勇をふるうのである。

「ブラックミュージック系、とか……」

　恥ずかしい! ヒップホップ、R&B、ファンクが好きだから、ブラックミュージック、という言い回し、レゲエもスカもアフロビートも好きだから、系、という律義なエクスキューズ後の駄目押しの「とか」。

「オザキ」や「ヤザワ」を好きな人はいいな、と思う。その一言でこと足りるし、潔い。「系」、「とか」は、どうしてあんなに恥ずかしいのだろう。ロックは格好いい、でも、「ロック系」はロックじゃない。「パンク」は格好いい。でも、「パンクとか」は、パンクじゃない。

「初めて衝撃を受けた音楽は、何ですか」

これなら溌剌《はつらつ》と答えられる。ニュー・ジャック・スウィングである。皆に伝えると、「一番あかん時期やんけ!」と一笑にふされる。確かに当時の彼らの格好たるや、光沢のあるズートスーツは素肌に、頭を不自然な四角に刈り上げて、奇妙なサングラスで珍妙なダンスだ。MCハマーを思い浮かべていただくと、分かりやすいと思う。でも格好いい。しびれる。大好き。

マリオ・ヴァン・ピーブルズの『ニュー・ジャック・シティ』という映画を見たのは、中学2年生のときだ。衝撃だった。私はすぐにサウンドトラックを買った。少し前までプリンセスプリンセスがかかっていた部屋で聴くICE-T、クイーン・ラティファ、そしてGUYは、私の心を鷲摑みにしてしまった。人生で初めて、「ブラックミュージック系、とか」に触れた瞬間だった。特にこのサウンドトラックは、映画の内容の過激さ（触発された若者によって暴動が起こるほどだった）から、居並ぶ曲も、なんとも「悪い」のだ。義務教育の英語を習い始めたばかりの幼い脳みそに、「セックス」「クラック」「マニー」「マーダー」の洗礼である。

ここで急だが、サウンドトラックはいい。映画の雰囲気に合わせて選んでいるからなのか、一曲一曲に、ドラマ性がある。映像的というのか(出た、「性」、「的」!)。最近聴いたのは、『PRECIOUS』と『FOR COLORED GIRLS』のサウンドトラックである。とてもカラフルで、音が見えるようだ。特に『FOR COLORED GIRLS』の『ALL DAY LONG(BLUESKIES)』、エステルの伸びやかな声は、まさに空を思うし、メイシー・グレイ『STAND UP』の生々しい声は、どこまでも続く地平だ、と思う。『PRECIOUS』のドナ・アレンの声は艶のある赤紫色で、クイーン・ラティファの声は、すごく強くてかたい、のに滑らか、これがクールというのだ、きっと。何より、2009年の映画にも、1991年の映画にも彼女の曲が使われているのは、全く自分と関係ないのに、誇らしい。

私は音楽を風呂で聴くことが多い。小さな空間だし、裸なので、五感が開放されるのだ。そのときばかりは、「どんな音楽聴くの」の圧から、先走っての悶絶から、解放される。私は朗々と、使えぬ滅茶苦茶な英語で、歌う。好き、好き、と全力で思いながら、いつまでも歌う。

①

②

③

① 『Music From The Motion Picture New Jack City』
Giant　9 24409-2

② 『Original Motion Picture Soundtrack Precious』
Geffen　B001378102

③ 『Music From And Inspired By The Original Motion Picture For Colored Girls』
Atlantic　526227-2

男性の友人が、長年「萌え」の感覚が分からん、と思っていたが、最近分かったと言う。「民族の踊り」萌えだそうだ。さらに細かくいうと、「きちんと型が決まっている踊りを踊っている人」萌えなのだと。たとえば日本舞踊や、タイの宮廷のダンスなどがそうだろう。同じように、民族の踊りでも、アフリカン・ダンスのようにあまりにパッショネイトであると、萌えないのだそうである。

「自分の個性をさらけ出し始めると萎えるねん。決められたことを、決められた通りにやってる、その若干の窮屈さに萌えるねん」

ならばレゲエダンスはもちろん、ヒップホップダンスなども、完全にNGだろう。挑発するように尻を振ったり、己の内にあるパッションや個性を爆発させるような女性は、彼の琴線には触れないのである。

なんとなく、その気持ち分かるなぁ、と思った。彼のように、「若干の窮屈さをもって決められたことをしている人」に萌える感じは経験したことがあって、私にとってそれは「子供の歌声」である。例えば歌詞の意味もはっきりと分からぬまま愛の歌を歌っていたり、年相応の可愛らしい歌詞の歌であっても、いらぬアレンジをせず、アドリブもいれず、きちんと決められた通りに歌っている、というような、子供の歌が好きなのである。

なので、たまに大御所が、自分の高名な持ち歌をアレンジしすぎて原曲分からん、みたいになっているのが嫌だ。名前を挙げるのに蛮勇をふるうが、ある番組でもんたよしのりさんが『ダンシング・オールナイト』を歌った際、アレンジ過多、溜めに溜めに溜めて、何の歌か分からなくなっていて、もー、と思った。

世界で最も有名な「歌う子供」は、ジャクソン5のマイケルだろう。性愛を知らない子供が歌いあげる愛の歌には、クラクラする。が、年を追うごとに、彼のパフォーマンス映像を見るのが辛くなってきた。「間違えたら父親にしばかれる」という彼の恐怖感がぷんぷん匂ってくるのだ。かわいそうで、見ていられない。

最近聴いているのが、ディオンヌ・ブロムフィールドである。彼女はアルバム発売当時、13歳だった。なんていうか、ちょうどいい。個性やパッションをさらけ出すことを覚える直前の、伸びやかな歌声、間違えたらしばかれるという恐怖なしの、ただ歌ってる感じ。そう、この、なんていうか、楽しい！とか、表現！とかなしの、ただただ歌っている感じに、私は「萌え」なのである。

アルバムの中で彼女は、年相応の可愛らしい恋の歌も歌っているが、昔のソウルやスカの曲をカバーしているものが特に秀逸である。『My Boy Lollipop』、『Oh Henry』などはそういえば、大人になりきっていない彼女の声のほうが、相性が良い。

彼女は、アルコール依存症やドラッグ中毒などのゴシップで有名になってしまったエイミー・ワインハウスの名づけ子である。私はこのエイミーも、大好きだ。萌えなのだ。全然子供ちゃうやんけ、挙句ダーティーやないけ！とお思いになるだろうが、彼女の歌声を聴いてほしい。ただ歌っている、その声。

ライブ映像やPVを見ても、彼女の無表情さというか（それはもしかしたら薬などの影響かもしれないが……）、あの淡々と歌を歌っている様子に、胸をつかれる。彼女の声は、本当に美しい。天使の声、と言われているらしいが、天使ってそういえば、子供やん。無垢《むく》なのに色々知ってて残酷で繊細で呑気。そんな、はかりしれない数多《あまた》の要素を持った「こども」の出す「声」が、私の心の琴線をふるわせ、ハートを摑んで離さないのだ。自分がもう絶対に「こども」に戻れないことを、分かっているからかもしれない。

④

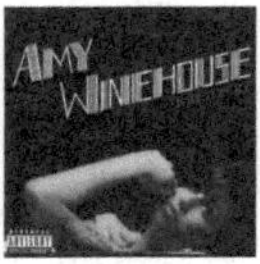

⑤

④ Dionne Bromfield
『Introducing Dionne Bromfield』
Island　2720319

⑤ Amy Winehouse
『Back to Black』
Universal　B000842802

無人島にて

無人島に持ってゆくものをひとつ選ぶとしたら何か、みたいな話をしていると、不毛だが楽しい。「ジャックナイフ」「モリ」などの、「生きる気まんまん」派や、「船」「どこでもドア」など「設定そのものをぶち壊す」派に、「思い出の鍵」「みんなの写真」などと答える、「その場で素敵と思われたらそれで良いのよ」派まで、様々な意見があって、人格が垣間見える。

中でも、無人島に持ってゆく一枚のアルバムは何にするかという話は、やはり特別に楽しい。ものすごく難解なジャズを持ってゆき、その真理を考えると言う人もいれば、中学時代に好きだったバンドのアルバムに決まっていると言う人、プロレスの入場曲を集めたアルバムで生きるための士気を高めたい人もいるし、自分のアルバムを持っていきたがるミュージシャンの友人もいた。

私には、実は、はっきりと決めた一枚がある。

『Prince of Peace』だ。

これは、スカのプリンス、というより神様、プリンス・バスターが来日した際、日本スカ界の雄、デタミネーションズとライブを行ったときの音源を記録したCDである。超絶に漢《おとこ》くさい御大バスターの歌声は若い頃をしのぐ、というより渋みが加わり激クール、『Al Capone』『Dance Cleopatra』『One Step Beyond』など、ルードな曲はテンションがあがることこの上ないが、それがこのCDを無人島に持ってゆく理由では、実はない。

私がこのCDを選ぶ理由は、デタミネーションズ、ボーカルの高津直由《こうづなおよし》の声、なのである。しかも、歌声ではなく、客席に話しかけている声なのだ。

作家になるため上京すると決めたとき、大阪で何かCDを一枚買おうと決めた。そのときに選んだのが、このCDである。レーベルのDRUM & BASSRECORDSは大阪にあり、阿呆な私は、東京に行ったらこのレーベルのCDは買えないものと思っていた（もちろん、東京でも売っている）。

東京では、テレビを捨て、6畳の部屋に住んだ。「作家になりたい」と決意したものの、どうすればよいか分からず、毎日絶望していた。そんな日々の中で、私は高津さんの声を毎晩のように聴いていた。DJギャズ・メイオールの愛ある紹介の後、ステージに登場した高津さんは、「まいどー」と挨拶をする。そしてそのあと、こう言う。

「飲んどるか？　生きてるか？　満タンやで！」

私は当時、その声を聴いて生きていたと言っても過言ではない。「孤独」と呼ぶにはあまりにもみすぼらしい状況で、高津さんの声は、私と世界をつなぐ光だった。スカ自体、明るさの中になんともいえない哀愁のある音楽だが、高津さんの声は、それを体現したものだと思う。高津さんの声だけではない。デタミネーションズのすべてのアルバムに共通しているのが「人生」である。表現するのが難しいが、演奏、歌声が訴えかけてくるものが、人生そのものなのだ。

伸びやかなラブソングも、タフなダンスビートも、聴いていると、「そうだ、これが生きるということだ」と思うのである。

それからもずっと、デタミネーションズを聴いている。惜しくも解散してしまったが、音楽が人に何らかの影響を与えるとしたら、彼らの音楽は私に、音楽の出来る最も素晴らしいことを与えてくれたように思う。生きることだ。

日常には、「精神的な無人島」が往々にしてある。スクランブル交差点や賑やかな飲み屋で、私はたびたび、高津さんの声を思い出す。生きている。

⑥

⑦

⑧

⑨

⑥ Prince Buster with Determinations
『Prince of Peace』
ユニバーサル ミュージック　UPCH-1234

⑦ Determinations
『This is Determinations』
Overheat Records　OVE-0081

⑧ Determinations
『Full of Determination』
Overheat Records　OVE-0075

⑨ Determinations
『Chat Chat Determination』
ユニバーサル ミュージック　UPCH-1178

日本にしかないもの

海外旅行から戻るとき、旅行が終わってしまう寂しさもあるが、結局、日本に戻ったときに何を食べるかという楽しみが勝る。おうどん、お寿司、お味噌汁。日本には、美味しい料理がたくさんあるのだ。

このような純日本食でなくとも、例えば、イタリアに旅行に行った友人に、「ごはんどないやった?」と訊いたところ、「日本のイタリアンで食べたほうが断然美味しかった」と言われたことがある。日本人シェフの高度な技術が、本場の美味しさを超えてしまうこともあるだろう。また、冷やし中華やオムライスなどは、中華料理でも、西洋料理でもなく、中華や西洋にヒントを得たのち、日本で開発された独自の日本料理であるらしい。とても美味しい。日本のカレーも、テレビでインド人が「美味しい!」と唸っていたし、食パンなんて、世界を軽く凌駕して、日本のがダントツだと思う。日本てすごいよ。

食べ物だけではない。元々発明してはいないが、車は結局HONDAやNISSA

Nの性能が世界トップクラスだし、洋式便器だって、ウォシュレットなるものに改良、世界に誇るプロダクトとなった。日本は、どこかで発明された何かを、より素晴らしいもの、そして「日本人に合った」ものに変えてゆくことに長けているのだ、えっへん。

音楽でいえば、日本語ロック、日本語ラップ、というものがある。くるりやスチャダラパーは、まさに冷やし中華、オムライスであると思う。それぞれ発祥の地は違えど、日本でなければ生まれなかった唯一無二の音だし、とにかく滅茶苦茶に美味しいのである。

最近、「日本のファンク」グループ2組が、図らずも同じ時期に新しいアルバムを出した。オーサカ＝モノレールと、在日ファンクだ。

冒頭の例で譬《たと》えると、在日ファンクは、まさにアレンジされた日本独自の料理だと思う。個人的な意見だが、本場のファンク、JBなどのグルーヴは、日本人には一番馴染みのないものなのではないだろうか。盆踊りに代表される型の決まったダンスではなく、ファンクは縦横無尽、血の滾《たぎ》るままに動け、という印象がある。それが難しい、乗りにくい、結局恥ずかしい。だが、日本人にだって「滾る」ことはある。盆踊りでは収まりきれない己のグルーヴをもてあますことがある。

本場のファンクが欧米の泥くささの象徴だとすれば、在日ファンクは、そういう「日本人の泥」を歌っている。歌ってくれている。例えばこれらの歌詞だ。「外人サイ

ズのギターで　外人サイズのメロディで　外人サイズに叫ぶのか　愛してるって叫ぶのか」（『爆弾こわい』）、「欲しいな才能　みとめて　みとめて　みとめてもらいたい」（『才能あるよ』）、聴くと思わず笑ってしまうが、笑ってしまう心のどこかで、はっきりと「何か」を掴まれる。せやねん、と思う。日本人の泥。私たちの体に寄り添うファンクがここにあるのだ。

一方、オーサカ＝モノレールは、冷やし中華やオムライスではない。彼らは、日本人の作る料理が現地のそれをうわまわってしまうパターンだ。醤油を入れるだとか、紫蘇《しそ》を使うだとか、日本の材料を加えるわけではないのに、現地のものより美味しくなってしまうのは、日本人の繊細な舌や細やかな技術のせいだ。大味だったものが、より複雑でソフィスティケイトされるというのか。本場のファンクは、やっぱり大味で、くどいと思う。それがクールなのだが、油ものを次から次へと食わされているような感じだ。美味しいけど……ちょっとすみません、というような。だがモノレールは、本物のファンクのグルーヴを超えてしまいながらも、中田亮さんの、どうしようもなく溢れてしまう知性により、新しいクールがある、とにかくかっこいいのだ。

この間、久しぶりにモノレールのライヴに行った。溢れてしまう知性、と書いたが、それと同時に中田さんの人間的な魅力がえげつない、中田さんの臍《へそ》の緒に、皆が繋がっている感じだ。決してオーディエンスを置いてきぼりにしないパフォーマンス。完全なる日本人体型で踊っていた私を、誰も笑うまい。

なんやかんや、必死で食べ物に譬えようとしてきたけれども、結局「かっこええ！」「ぐっとくる！」という感情は世界共通のはず。「うまいもんはうまい」と、20年ほど前にCMで鶴瓶が言ってたことが、やっと分かる。

⑩

⑪

⑫

⑬

⑩ 在日ファンク
『爆弾こわい』
P-VINE RECORDS　PCD-18657
⑪ 在日ファンク
『在日ファンク』
P-VINE RECORDS　PCD-4399
⑫ オーサカ＝モノレール
『State of the World』
キングレコード　KICS-1684
⑬ オーサカ＝モノレール
『Rumble'n Struggle』
RD RECORDS　RDR-1032

速くて長い

先日、セネガルの方に国の家庭料理を教えていただいた。油で揚げた大きな魚を、たくさんの野菜やトマト、米、油と一緒に炊き込む、チェブジェンという料理だ。時間の関係上短縮したが、本当は十数人分を5、6時間かけて炊き込むそうである。えらいことだ。

一緒に作ったチェブジェンは、豪快だけど、ゆっくりゆっくり出来あがっていく料理だった。なんだか、この作業って、この国そのものなのだろうな、と思った。豪快で、ゆっくり。人柄が料理に表れるように、音楽にもその土地土地の真実のようなものが、表れると思う。

私は、アフリカの音楽が好きである。

フェラ・クティを初めて聴いたとき、豪気、力強さ、なんだかくどいくらいの熱量を感じた。衝撃だった。政治的なメッセージなんて分からなかったが、とにかくびんびんに「伝わった」。織田信長が聴いたら好きになりそうだな、と思った。

それから、トニー・アレンを知り、ドゥドゥ・ンジャエ・ローズを聴いた。あ、私はアフリカの打楽器の音が好きなんだ、と思い至った。速くて、強くて、そして、うねりながらどこまでも続いてゆく音。

アントニオ猪木の高名な入場曲、『炎のファイター』が好きなのも、刺激的な管楽器のメロディもさることながら、やはりあの、脈打つように鳴り響く太鼓の音がたまらないからだ。しかもあの曲が、モハメド・アリのテーマ曲『アリ・ボン・バ・イエ』を譲り受けたことは有名、元はアフリカのものなのである。

『アリ・ボン・バ・イエ』は、コンゴの言葉で、「アリ、やっちまえ」という意味だそうである。本当に、「やっちまえ」感はなはだしい。『炎のファイター』をかけながら電話などしようものなら、なんだか色々なものを糾弾したくなってくる。非常に戦闘的な曲であり、やはりフェラに感じたのと同じ豪気があり、力強さがあり、くどいくらいの熱量なのである。「信長好きそう」だ。

さて、これらの曲をかけていて、信長的元気が出ると同時に、驚くことがある。CDをかけながら、うっかり考え事をする、宅配便に対応する、電話取材に応じる、などをしていて、我に返ると、「まだ1曲目やんけ!」ということが、ままある。長い。めっちゃ長いのだ。iPodにフェラ・クティを入れようものなら、大変なことになる。私はよく2時間ほど歩くのだが、下手するとその間にフェラの曲を4曲ほどしか聴けない、みたいなこともある。パッショネイトがうねるように続き、続き、とにかく長い。やはりポテンシャルが違うのだろうか。アフリカの人々は、この長さをびちびちに踊りきるのだろうか。いや踊りきるのだろう。なんだったら、足りないだろう。速いのに長い。

チェブジェンを作っているとき、フェラやトニー・アレンやドゥドゥの、打音を思い出していた。この音楽を聴きながら、煮物は作れないし、鯛の薄造りも出来ないな、と思った。音楽は血で、肉だ。その人を、その土地を作るものなのだ。

⑭

⑮

⑯

⑭『The Complete Works of Fera Anikulapo Kuti』
WRASSE RECORDS　WRASS276

⑮ Tony Allen
『Black Voices Revicited』
COMETRECORDS　OTLCD1360

⑯ マンドリル
『炎のファイター アントニオ猪木のテーマ／ALI BOM-BA-YE』
東芝 EMI　IER-20307

体があれば

今の自分ではない自分のことを、よく想像する。想像なので、思い切って派手な自分になる。映画監督であったり、舞台俳優であったり、国連の職員であったり、絶対になれなかった自分を想像し、どんな映画を撮るか、どんな舞台に出るか、どんな問題を解決するかを思い、小さな頃のように興奮している。その自分になりきって、声に出していたりする。大変だ。

中でも、特に盛りあがる想像がふたつあって、それはプロレスラーと、歌手である。その2種類になった自分は、もはや自分の原形をとどめておらず、プロレスラーの場合はヘビー級の男になっていて、オリジナルの入場テーマを持ち、ファイトスタイルは地味だが、長く心に残る試合をする。歌手の場合は、自分の声が全く消え去り、こうなりたい、という声、ささやくときだって、小さく鼻歌がこぼれるときだって、ずっとそうである。

透明な水が流れるようなキラキラした声もいいが、私は、耳の入り口ですでに引っかかる、少しいびつだが、まっすぐな声になりたい。ニーナ・シモンとか、最高だ。彼女の声は、しわがれていないのに、しわがれたように聴こえるのはどうしてだろう。そして、それがとても優しく聴こえるのは。トム・ウェイツも大好きだ。だが時々、トム・ウェイツがトム・ウェイツの真似をしているように聴こえるときがある。「トム・ウェイツすぎる」ときがあるものだから、ここは保留だ。

脳内で歌ってみる。いろんな人の声を出す。ロバータ・フラック、中納良恵《なかのよしえ》、ロバート・ジョンソン、アル・グリーン。考えに考えて、今のところ結論は、女だったらカルカヤマコトのような声だ。

彼女の声は、粘り気があって、でもとても乾いていて、突き放すようなのに甘く、純度が高くて、怖いのに儚《はかな》い。彼女のデビューアルバムには、夫との電話での会話が収録されているのだが、その話し声も、歌っている声のようである。赤ちゃんのように無邪気なのに、底知れずドスが利いている。あんな声になりたい。

男だったら、ホレス・アンディだ。初めて彼の声を聴いたときの衝撃ったらなかった。男であるとか、女であるとか、そういうものを超越していて、瞬間ものすごく耳障りな声になるときがあって、ぎゃ!て思うのに、でも次の瞬間には、どうしたって離れたくなくなる。その声を欲して欲して、じっとスピーカーに身をゆだねる。びりびり空気が震えて、それが鼓膜に伝わって、音って振動なんやと思う。そして、折々、やっぱりいややわー、と思うが、やっぱり聴きたい。

ものすごく言われることだが、声って時に、その人そのものより、その人を表出するものだ。私がやっている仕事は、紙と鉛筆があったら出来るから、最強やん、と思っていたが、歌を歌うのは、その人がいればいいのだ。それって、もっと最強やん。

そういえばプロレスラーも、芸人もそうだ。

自分の体があればそれでいい、そういう世界に、私はずっと手を伸ばし続けている。

⑰

⑱

⑰ カルカヤマコト
『カルカヤマコト』
LD&K　134-LDKCD
⑱ Horace Andy
『Skylarking』
Melankolic　CAR9626

普通じゃない

以前、『円卓』という小説で、眼帯や不整脈、吃音、在日韓国人、ボートピープルなどに憧れを持つ少女を描いた。そのことをたしなめられ、少女は思う。

「なんで？　かっこええやんか！」

物語は少なからず、私の体験を基にしている。

私は帰国子女で、カイロに住んでいた。帰国後は、「カイロから来た女の子」は結構なトピックだったし、自分は他の人と違うのだ、というどこかしらの優越感があったように思う。だが、日が経つにつれ、自分はヘレン・ケラーでもアンネ・フランクでもない、とても「普通」な人間なのだということを思い知らされることになった。

中学のときにニュー・ジャック・スウィングを聴き、黒人の音楽に興味を持った。特にラップは格好良かったし、何より「悪い」雰囲気に、憧れを覚えた。メイクマニー、マーダー、ドラッグ、ゲトー。だがそれらは当然、「普通」である自分には、全く関係のないことだった。そしてそのことを少し、恥じた。私はなんてぬるく、ゆるやかな世界に身を浸しているのだろう。

ラップが、特に日本語ラップが嫌いな人がいる。私の拙《つたな》いイメージだが、彼らは、リリックの凶暴さやフロウの熱さに、気恥ずかしさを覚えるのではないだろうか。所詮、平和な日本でのことじゃないか、と。私自身、自分の中に、声高らかに訴える「普通じゃないこと」は、ないと思っていた。

田我流《でんがりゅう》を知ったのは『サウダーヂ』という映画である。彼の佇まいに、胸をつかれた。アルバムを購入、むさぼるように聴き、彼の言葉を追っていくうち、我々は、全然、「普通」なんかじゃなかった、と気づいた。原発、格差社会、孤立する地方都市、腐った政治家、それはとても分かりやすい「普通じゃないこと」だが、彼が訴えているのは、究極は、人間として、個人として生まれてきた苦しみ、そして孤独なのだと思った。それは皆が持っていて、そして、絶対にひとりひとり違う。決して「普通」ではないのだ。田我流はそのことを叫びながら、結果、社会や歴史や、そのほか、大いなる「普通じゃないこと」に辿り着いている。映画を見て胸をつかれたのは、それだった。彼の、とても真摯な姿勢。

小説でも音楽でも映画でも、優れたものは、必ず「個」を描いていると思う。社会や歴史や、その他、大いなるものを結果描いていたとしても、決してひとりの人間の、その「個」の感情を、おろそかにしていない。だから、全く政情が違った100年前の名作が読みつがれるのだし、思いもよらない未来に、残ってゆくのだ。人間は、これまでもこれからも、ずっと人間なのだから。

彼はアルバムの冒頭でこう言っている。

「世の中は最悪　だからこそ最高」「誰もが汚れ　だからこそ天使」

彼の声を聴いていると、自分という人間が恥ずかしいくらい尊い存在に思える。誰にも、「普通」だと言わせない。苦しいし、格好悪いけど、でも、個として生きてゆこう、そう思う。

㉒

㉓

㉒ 田我流
『B級映画のように2』
Mary Joy Recordings　MJCD-059
㉓ 田我流
『作品集 -JUST-』
桃源響 RECORDS　TGKR-0001

何かを越える

数年前、初めてニューヨークに行ったとき、ブルックリンのフォートグリーンという場所に足を運んだ。行きたい服屋があったのだ。

だが、なにぶん初めての土地、方向音痴でもある私は、道に迷ってしまった。うろうろしているうちに、喉《のど》が渇いたので、ちょうど目についた、こぢんまりとしたグロサリーに入った。コーラを手に取り、レジに行くと、カウンターには髪の毛を大きなお団子にしたおばあさんが座っていた。そして、レジ近くのラジカセ（！）から、聴き知った曲が流れていた。カーティス・メイフィールドの、『(Don't Worry) If There's a Hell Below, We're All Going To Go』である。おばあさんは、曲に合わせて、軽く体を揺らしながら、レジを打った。痺れた。彼女の真っ白いお団子頭や、黒い魔女みたいな服や、無愛想な顔で、それでも体を揺らしてしまう感じが、どうしようもなくクールだった。

その後、やはりしばらく迷いながら、でも感動を胸に、コーラがなくなる頃にやっと、目的の店に到着した。そこは、カップルで経営しているセレクトショップで、ベージュのコーデュロイのキャスケットをかぶった男性と、金色のフープピアスをした、大きなアフロヘアの女性がいた。ふたりのお洒落さも眩《まぶ》しかったが、私の耳に飛び込んできた音楽が、また私を痺れさせた。

『Move On Up』、再びカーティスである。

ふたりはやはり、曲に合わせて揺れており、私はほとほと、感動してしまった。渋いおばあさんと、お洒落な若いカップルが、思わず体を揺らしてしまう歌手が、同じ人物だなんて！

自分がかつて、自分の祖母や祖父と、同じ曲や歌手で盛り上がったことが、あっただろうか。ブルックリンを歩きながら、そんなことを考えた。そしてふと、昔行った、沖縄の光景を思い出した。

コザという古い町の、ある祭に遊びに行ったとき見たのは、老いも若きも男も女も、皆が同じ曲で踊り狂っている姿だった。感動した私が、友人に、この歌手は誰だと訊くと、それは登川誠仁《のぼりかわせいじん》だった。彼がとても有名な方で、「日本のジミヘン」と言われているのは、後に知ったのだが、うねるような歌声や哀愁、どうしようもなく溢れている「ギャング感」みたいなものは、ロックというより、ソウルのそれだった。

後に訪れたLAで、私は、あるラップグループに登川誠仁のCDをプレゼントした。

彼らはそれを聴き、「なんてクールなんだ！」と、大いに沸いた。誠仁の声に合わせて、踊り出す人までいた。私はそのとき、「あ、今、国境を越えた」と思った。フォートグリーンでカーティスを聴いたときのように、ものすごく素直に感動したのだ。

いつか、自分の孫や、孫と同じような年齢の人や、肌の色が違う人や、言葉が全く分からない人たちと、それでも同じ曲で体を揺すり、共に口ずさめる日が来ればいいな、と思う。

㉔

㉕

㉔ Curtis Mayfield
『Curtis』
Snapper Music　SNAP 233 CD
㉕ 登川誠仁
『ザ・ベスト・オブ・登川誠仁
1975～2004』
リスペクトレコード　RES-118

家じゃだめ

クラブに行かなくなって久しい。

30歳を過ぎる頃から、まず、朝まで起きていられなくなった。深夜12時を過ぎると途端に眠くなり、踊るどころか、とにかくどこかに座りたいと思ってしまう。そして空いたソファを見つけるやいなや滑り込んで、うとうとするのだ。眠気の次は、扉を開けた瞬間、むわっと立ち上るみんなの熱気と、それに混じったニコチンの臭いがだめになった。昔はその空気に触れると、自然わくわくしたものなのに、今では、「すごく体に悪いことをしている」としか思えないのである。

加齢だ。

いくつになってもクラブを楽しめる人はいるだろう。でも私はだめだった。家で好きな音楽を、好きなスピーカーで聴いていると、「これで充分やん」と思うし、音楽を聴きながら時折思わず腰をふり、ひとりですごく楽しくなっている。もう私にはきっと、クラブは必要ないのだ。

だが、たまに、本当にたまに、「あかん、これ、この曲を、どうしてもクラブで聴きたい！」と思うものがある。あの、薄暗くて、煙草の煙にまみれていて、床にこぼれた酒があって、皆が汗をかいて踊っていて、という空間でこそ、聴きたいものがあるのだ。それはアッパーな「踊れる」曲とは限らない。そう思う曲に、何か共通点はあるのか、と探ったら、どうやらすべて、低音が響く曲だった。音は震えである。低音は高音より、より大きく震える。マンションで音量をあげて聴き、苦情が出るのは大体低音だ。響くからだ。だからこそ、クラブで思う存分聴きたい。スピーカーのまん前で、目の玉が震えるくらいの音の波を感じたい。

今一番聴きたいのが、フィラスタインである。

パーカッショニストである彼は、リオのカーニバルのサンバチームへの参加や、モロッコで伝統楽器を習得した経験を持つ。その経験を下地に、様々な打楽器を作品に取り入れているのだが、ベースはデジタルの音で、おしなべて重く、だからとても響く。

ダブステップ？　ヒップホップ？　クンビア？　ダンスホール？

どのジャンルにも当てはまらない、フィラスタインのもの、としか言えない音だ。初めて『quémalo ya』をクラブで聴いたときの衝撃ったらなかった。音だけで、「こういうのがレベル・ミュージックというのだな」と、すぐに分かった。

実際彼の音楽には、何らかの重大なメッセージがこめられているらしい（私は馬鹿だから、よく分からないけど）。反原発、反アメリカ、反体制。意味が分からなくても、初めて聴いたときの、すごく攻撃的な気持ちは忘れられない。低音が体を貫いて、骨がびりびり震えた。「やってやんぞ！」という気持ちになった。クラブの薄暗い空間で、皆で汗だくになって踊ったことが、皆で踊ること以上のものになっていた。

今でもフィラスタインを家で聴くことがある。低音は響いているし、しびれるくらい格好いいけど、どうしても攻撃的な気持ちにはなれない。きっとそれは、加齢だけが原因ではない。

㉖

㉗

㉘

㉖ フィラスタイン
『バーン・イット』
ROMZ record　RMZ-023
㉗ フィラスタイン
『ダーティ・ボム』
ROMZ record　RMZ-032
㉘ フィラスタイン
『ルート』
ROMZ record　RMZ-035

格好いい理由

ラッパーは格好いい。

初めて知った瞬間からもう圧倒的に格好良かったから、どうしてなのか、今まできちんと説明することが出来なかった。でも最近、その理由の一端を垣間見るドキュメンタリーを、2本見た。『ビーツ、ライムズ・アンド・ライフ　ア・トライブ・コールド・クエストの旅』と、『アート・オブ・ラップ』だ。

前者は、ア・トライブ・コールド・クエストの軌跡を追っている。Qティップとファイフという幼馴染みが、いかにしてラップで世界を席巻し、モンスターグループになっていったか。作品としても最高に面白く、何より『Can I kick it?』のイントロが流れた瞬間、私は10代に戻り、あの頃と同じように震えた。それは大人になってからは感じたことのない震えだった。

『アート・オブ・ラップ』は、ギャングスタラップのパイオニアであるアイス-Tが監督、彼が様々な御大や達人にインタビューする映像で綴られている（Qティップも登場する)。過去映像やフックとなるストーリーはないが、飽きないのは、それぞれのフリースタイルが見られるという贅沢もあるし、登場するすべてのラッパーがとても誠実で、なおかつユーモアがあるからだろう。インタビュアーであるアイス‐Tも、楽しくてたまらないといった風に目を細めていたり、ときに爆笑したり、うっかり裏ワザを披露してしまっている。

上映中、だんだん彼が藤波辰爾に見えてきた(表情や体が似ているのだ)。実際アイス‐TやRUN DMCなどの「御大」たちは、私にとって長州、藤波と同じ感覚である。トライブやデ・ラ・ソウルは、蝶野、武藤といった感じか。私がどうしてラッパーを格好いいと思うのか。それはプロレスラーを格好いいと思う感覚に似ているのだということに気づいたのだ。

蝶野の試合を見たら、『Can I kick it?』を聴いたときと同じように、私はたちまち10代に戻る。大人になってからはなかった震えを経験する。蝶野はすごい。でも彼には、猪木という絶対的なヒーローがいたし、そして猪木には力道山という神がいた。Qティップも、アイス‐Tに憧れていたのだし、アイス‐Tもラキムに影響を受けたのだ。

プロレスもラップも、技術はもちろん必要、だがそれが小手先であると、たちまち見ぬかれる。彼らは新しいことをしながら、「始まり」からあるものをきちんと継承しているのだ。この体で生きてゆくこと、そして、真剣であること。そんな覚悟をしている人たちが、格好良くないわけがない。

数日後、『華麗なるギャツビー』を見た。超メジャー映画の作中にジェイ‐Zのラップが流れていること、その背後にある、無数の格好いい男たちの歴史を、私は改めて思った。

㉙

㉚

㉙ マイケル・ラパポート監督
『ビーツ、ライムズ・アンド・ライフ
ア・トライブ・コールド・クエストの旅』
トランスフォーマー　TMSS-263

㉚ アイス-T監督
『アート・オブ・ラップ』
KADOKAWA
角川書店　DABA-4534

もうええ

よく高熱が出る。

本当に、よく出る。ちょっと喉がイガイガするな、とか、腰が痛いなと思ったら、もうだめだ。歯の根の合わないほどの悪寒がやって来て、あっという間に38度、ひどいときには39度まで上がる。

昔はすぐに解熱剤を飲んでいたが、最近は飲まずに、自力で治している。そもそも高熱が出るのは、体内の白血球が悪い菌と戦ってくれている証拠なのだから、それをわざわざ解熱剤でふいにするのはもったいない。

とはいえ、解熱剤を飲まないでいると、本当に辛い。高熱というものは、悪寒を併発するだけでなく、体中を痛ませる。泣きたくなるくらいの寒さと、歯軋りをするほどの痛みに耐えなければならない。地獄だ。

そんな中、見たくなる映像がある。朦朧《もうろう》とする意識の中起き出して、動画サイトを起動してしまう。皆さんも見て欲しい。FUNKADELICの『Cosmic Slop Live 1973』

という動画だ。

どうだろう。

すごく、ムカつかないか。

高熱にうなされながら、私は、「今、私の体の中で悪さをしている菌というのは、こういう連中なのだろうな」と思う。奴らは、こんな風にふざけ倒し、チョケ倒し、私の体をかき回しているのだ。

やっぱり、すごく、ムカつかないか。

そして、ムカつくと同時に、結局どうしようもなく、彼らに惹かれてしまわないか。少なくとも、私はそうだ。

何も解決していないし、悪寒も痛みも続いているが、彼らを想像すると、突然晴れやかな気持ちになってしまう。高熱の影響か。だが、なんていうか、悶々としているときに、急に「ヒューッ!」と囃《はや》され、そして笑いながら背負い投げをされたような感じなのだ。一瞬茫然とするが、やがて、「……もう、えっかっ!」そう、叫びたくなるのだ。

FUNKADELICやParliament、Bootsy Collinsなどの、いわゆるP-FUNKには、そういう作用がある。とても明るい。明るさがすぎて、訳が分からない。

ハウスや阿波踊りのような「ドン、ドン、ドン、ドン!」という表のリズムではなく、「シ、チャン、チャ！」という裏打ち、しかもすごくもたついているのに、どうしてこんなに明るいのだろう。「奇抜」という言葉では追いつかない彼らの容貌のせいもあるが、ものすごく太いベース音や甲高いギターの響き、そしてやっぱりその「もたつき」が、ある種の暑苦しさを生んでいるのだろう。やり過ぎた暑苦しさは、灼熱の祭と同じだ。人間を狂わせる。それが例の「背負い投げされる」感覚を生み、最終的に「……もう、えっかっ！」に繋がるのだ。

高熱のときだけではなく、編集者が怒っているときや、誰かにどうしようもなく恥をかかせてしまったときなどにも、彼らの姿を見せたい。そして、「ね？」と言いたい。「何が『ね？』やねん！」と言う人が大半だろうが、中にはきっと「……もう、えっかっ！」そう言ってくれる人がいるはずだ。

㉛

㉜

㉝

㉛ ファンカデリック
『マゴット・ブレイン』
Pヴァイン・レコード　PCD-17437
㉜ ブーツィーズ・ラバー・バンド
『プレイヤー・オブ・ザ・イヤー』
ワーナーミュージック・ジャパン
WQCP-1318
㉝ PARLIAMENT
『Mothership Connection』
The Island/Mercury　440 077 032-2

すべての楽器は

小学校5年生のとき、クラス対抗の合奏大会があった。

クラスの生徒が自身で曲を決め、パートを分配して演奏するのである。我々は爆風スランプの『ランナー』を演奏することになった。

それぞれの演奏パートを決めるとき、一番人気があったのがドラムだった。なんていうかすごく「楽器」っぽいし、不良への憧れが芽生え始めた頃の子供たちにとって、バンドで使われることのあるドラムは、とても魅力的に見えたのだ。

ドラムの次に人気だったのが木琴、鉄琴である。楽器自体が大きい、というのが格好いいし、音も目立ち、演奏スタイルもサマになる。つまりドラムも木琴も鉄琴も、「格好いい楽器」だった。

対極に人気がなかったのが、ピアニカこと鍵盤ハーモニカだ。我々世代にとってピアニカは、低学年時に散々やらされた楽器だった。演奏スタイルもすごく地味だし、音もいかにも間抜けだ。吹いていると吹き口に唾が溜まるし、「その他大勢の一員」

感は、私たちにとって何より耐え難かった。ピアニカは、「格好悪い楽器」だった。

私は運よく木琴パートをゲットしたのだったが、心のどこかで、ピアニカクルーを馬鹿にしていたように思う。だが、そんな私の、「ピアニカってださい」感を覆した人物がいる。オーガスタス・パブロである。

初めてパブロを聴いたのは、友人の家でだった。割れる直前の甲高い音はどこか不穏でもの悲しくて、だがとてもメロディアスで、とにかく夢中になった。興奮しながら友人に「これ誰?」と聞くと、レコードのジャケットを見せてくれた。そこには、ドレッドの痩せた男の人が、見慣れた楽器を吹いている写真があった。

ピアニカである。

私たちが習ったように、長いホースのようなものをつけて吹くのではなく、本体にそのまま吹き口をつけて吹いてはいたが、間違いなくピアニカだった。あの甲高い音も、そういえばピアニカのそれだったのだ。

オーガスタス・パブロはジャマイカの中流家庭に育った。家にピアノがあり、幼い頃から様々な音楽、とりわけレゲエに親しんでいたそうだ。ピアニカはきっと彼にとって、ピアノと同じ鍵盤楽器にすぎなかったのだろうが、パブロとピアニカの出会いは、インストルメンタルレゲエの、新しい音を作った。

パブロは曲のほとんどをマイナーコードで弾く。それが、私が感じた不穏ともの悲しさの理由だったのだが、私はパブロの奏でる音楽に、別の意味で驚嘆させられていた。あの「ださい楽器」が、ここまで格好よくなるなんて。

あの、ピアニカが！

ピアニカは、パブロたち演奏家の間でメロディカと呼ばれていた。後年、著名なプロデューサーであるグレン・ブラウンやピアノ奏者であったパブロ・ブラックなど、たくさんの人がメロディカを演奏していると聴いた。その頃にはメロディカ、つまりピアニカは、私の中で間違いなく格好いい楽器になっていた。

世界にはさまざまな楽器がある。

今なら言える。その中に、格好悪い楽器なんてひとつもない。体から音を出し、その音で誰かを高ぶらせ、慰める楽器は、おしなべて尊く、美しく、格好いいのだ。

㉞

㉞ オーガスタス・パブロ
『East Of The River Nile』
Shinachie Records
SHA45051

第4章　本のこと

光をくれた本たち

初めて本に触れたのは、幼稚園の頃だったと思う。

絵本だ。世界名作絵本シリーズとか、そんなだったと思う。

「と思う」とばかり書いているのは、つまりあんまり覚えていないのだ。自分はどんなものが好きだったのだろう。

よくよく思い返してみると、おぼろげながら、ふわりふわりと浮かぶものがあった。『ねむり姫』の水彩画や『ピーターパン』のアニメっぽい目、『風の又三郎』の陰影のある絵、とにかく絵のことばかりだ。実際、絵を描くのはすごく好きだった。年長さんのときだっただろうか。ハーモニカを吹く友達の絵を描いた。その絵を、先生やみんなに大層褒められたことを覚えている。とてもとても嬉しかった。

私がきちんと「本を読んだ」と思ったのは、カイロの学校で出会った『ファーブル昆虫記』だった。当時、アダチさんというとても仲のいい女の子がいた。私たちはいつも一緒だった。学校が終わってもお互いの家や街で遊び、会えないときは家の電話で話した。私は彼女の真似ばかりしていた。彼女の後をついてゆき、彼女の好きなものを好きになった。

その彼女が、ある日図書室で見つけた『シートン動物記』を読み始めたのだ。もちろん真似したかったが、シートン動物記の一巻はすでに彼女が読み始めていたので、私はシートン動物記の隣に置いてあったファーブル昆虫記を読み始めたのだった。

動物に比べ、虫なので、内容は若干地味だった。でも、私なりにすごく感動した。虫の世界や虫の生態はもちろんのこと、そんな虫たちに惜しみない愛情と情熱と時間を注ぐファーブルという大人に対してだ。彼は、アリの巣を何日も観察したり、フンコロガシについていったりしていた。ファーブルのやっていることは、私たちのような子供がすることだった。

地面にはいつくばってアリの巣を見るなんて！　フンコロガシの後をどこまでもつけてゆくなんて！

私とアダチさんは読み終わったシートン動物記とファーブル昆虫記を交換しなかった。彼女は先に日本に帰ったのだ。彼女とは今も遊んでいる（以前飲んだときこの話をしてみたが、彼女は何も覚えていなかった。おおらかな人なのである）。

日本に戻ってくると、小学校の中に大きな図書室があった。

週に一時間、図書の時間というものがあり、私たちはその時間、図書室で自分の好きな本を読んだ。そのとき読んでいたのは、『くまのパディントン』シリーズである。これは、とにかく絵が可愛かった（また絵だ！）。そして、作中に見知らぬ食べ物が出てくることが楽しかった。どんな味がするんだろう？　あったかいの？　冷たいの？　自分が知っている食べ物ですら、物語に登場すると現実よりもっと美味しそうに思えることが不思議だった。

中学生のとき、父に遠藤周作さんの本を借りて読んだ。『深い河』だ。こんなに分厚い本を手にするのも初めてだったし、遠藤さんの静かな筆致は私にとって大人の領域だったが、読むのをやめることが出来なかった。とにかくすごい、と思った。

それから遠藤周作さんの本を集めるようになった。当時お金がなかったので、古本屋で文庫を買った。新潮文庫の遠藤さんの本は、背表紙が綺麗なエメラルドグリーンで、集めると本棚が鮮やかになった。それが嬉しかった。

遠藤周作さんの本で一番心に刻まれているのが『沈黙』である。

日本にやって来た宣教師が、キリスト教の布教に努める。おりしも世はキリスト教が禁じられ、隠れキリシタンへの弾圧は凄惨なものになっていた。彼は耐え、信者のために祈り続けるが、神は沈黙したままだ。

どうして神は沈黙するのか？　信じる者たちを救うことをしてくれないのか？

彼はとうとう神に絶望する。そして神を捨てようと決意したそのとき、彼は神の声をやっと聞くのだ。

私はそのとき、一度本を閉じたと思う。神のその言葉に衝撃を受けた。そして、こんな言葉を書く遠藤周作さんはどんな人なのだろうと思った。

それから彼のエッセイも読み始めた。エッセイの中で遠藤さんは、12歳のときに洗礼を受けたカソリックについて、身の丈に合わない制服を着せられたようだったと書かれていた。その表現にも感銘を受けたし、もしかしたらこのときの衝撃が、『サラバ！』を書いた私の背中を何らか押したのかもしれない。今となって苟《いやしく》もそう思う。

高校生のとき、私は忘れられない本との出会いを果たした。

トニ・モリスンの『青い眼がほしい』だ。

誰かと待ち合わせをしていたのだったか、私は梅田にある大きな本屋をぶらぶらしていた。何故だかひどく心細い気持ちで目にとめた本棚に、『青い眼がほしい』はあった。クリーム色の地に青い宝石が描かれた美しい装丁が、私の目を惹きつけた。手に取って表紙をめくると、不思議なテクストの後、冒頭の一行はこう綴られていた。

秘密にしていたけれど、一九四一年の秋、マリゴールドはぜんぜん咲かなかった。

その一文に出逢ったときの衝撃は忘れられない。私の思っていた小説というもの、言葉というもの、そして世界というもの、すべてが鮮やかに覆されるような瞬間だった。

一体私はどうしてこの一文に、あんなに鮮烈に心奪われたのだろう。ほとんど泣き出しそうなほど、その言葉に縋《すが》ったのだろう。

私はその本をレジに持って行った。当時の私からすれば贅沢な買い物だったが、迷わなかった。絶対にこの本を手に入れたいと、強くそう思った。

モリスンの文章は美しかった（正確にはこれは翻訳なので、翻訳者である大社淑子《おおこそよしこ》さんの文章でもある）。私が今まで触れたどんな文章よりも美しかった。私が知っている五十音、あの言葉たちで出来ているとは思えなかった。

そしてその美しさは、残酷なシーンでも揺るがなかった。そもそもこの『青い眼がほしい』という作品自体、幾多の苦しみを孕《はら》んだ物語だった。

主人公クローディアの家庭は貧しい。その貧しい家庭に、さらに貧しい家庭から保護されてきた少女が暮らすようになる。名はピコーラ。肌は誰より黒く、髪はちぢれている。学校では苛《いじ》められ、大人たちにすら、その姿をしっかりと見てはもらえない。

ピコーラは思う。自分が金色の髪を持っていたら、自分の肌が白かったら、そして、自分の目が青色をしていたら、きっと皆が私を愛してくれるのではないだろうか。それは絶対に叶えられないし、思うこと自体不幸な願いである。

一方でクローディアには、大人たちにもらった白人のベビードールの可愛さが分からない。金髪碧眼《へきがん》の少女がどうして可愛いとされるのか、それを知りたくて、人形をバラバラに解体してしまう。大人たちには当然叱責を受けるが、クローディアにはそれでも、美しさを自分の価値観で決めるのだという強さがある。ピコーラは弱いのだ。だがその弱さは、ピコーラその人のせいではない。ピコーラは社会という化け物の中で、弱さしか与えられない生き方を強制されてきたのだ。

そんなピコーラに、更なる悲劇が襲い掛かる。実父によるレイプによって、彼女は子供をみごもるのだ。

どうしてこんなに。

そう思った。苦しかった。苦しくてたまらなかった。ひとりの善良な弱きものに襲い掛かる悲劇の重さに、私は耐えられなかった。恐ろしかった。

では私は、ピコーラが実父にレイプされるそのシーンを、読むことが出来なかったのだろうか。目を逸らしたのだろうか。

そうしなかった。それどころか私は、食い入るようにその情景を追った。目を離すことなど出来なかった。一字一句読み逃すまいと思った。それは彼女の苦しみを自分のものにしたいという殊勝な想いからではなかった。全然違った。

恐ろしいことに、美しかったのだ。ピコーラが実父にレイプされているそのおぞましい情景ですら、この上なく美しかったのだ。

この感情を認められるようになったのは、作家になってからだ。若かった私は、ただモリスンにのめりこみ、圧倒され、縋っていた。モリスンの言葉が何故こんなに私の胸を捕えて離さないのかを、考えたことなどなかった。

作家になって初めて、自分の読書歴を振り返ることになった。モリスンの話を避けることなど出来なかったし、実際何度も「どうしてそんなにモリスンの文章に惹かれたのですか?」と聞かれた。

今も冒頭の一文を読み返す。この一文だけで、不穏な気配、美しさと少しの官能、そして切実な少女(絶対に少女なのだ)の想いが分かる。どうしようもなく伝わってくる。だが、今こうやって言葉にしていることが恥ずかしい。若かった私は、私が今書いたような陳腐な言葉にくくられない衝撃をとにかく、モリスンの言葉から受けたのだ。同時にモリスンは、私に初めて、美しさを自分で決定することを教えてくれた人だった。

高校生で、しかも女だった私は、あらゆる人間の性的な、そして美醜の判断の対象にあった。制服のスカートの丈をどうするか、はねた髪の毛をどうやって直すか、そんなことにばかり熱心に心を傾けていた。でも、どうしてそうするのかを分かっていなかった。

私が望む「可愛さ」は、実は私が望んでいるものではないのではないか。これは、誰か、誰かというにはあまりに曖昧な、もっと大きなものに知らぬ間に強制された「可愛さ」なのではないか。

モリスンは若かった私に、自分の美しさを自分で決めることの尊さを教えてくれた。そればかりではない。やはり言葉にして輪郭をつけることが恥ずかしいが、モリスンはこの世にはあまたの残酷があるのだということ、そしてその残酷に至るまでの様々な道行きがあることを教えてくれた。

ピコーラを犯した父チョリーにも、幼年時代があった。青年時代があり、恋をし、結婚し、子をなした歴史があった。モリスンは彼の人生を描くことを怠らなかった。彼がどうして娘を犯すに至ったか。このうえなく凄惨なその場面を描くまでに、彼女は様々な言葉を尽くした。どうしてこのような残酷が為されたのか。

チョリーもまた弱かった。チョリーもまた、社会という大きな化け物から弱さしか与えられなかった。白人ではない人間が白人社会で生きるとはどういうことなのか、それは私の、しかも十代の私の想像の及ぶところではないはずだったが、それでも心震えたあの体験は本当だった。

どうして。どうして。

私はきっと、モリスンの小説から、「どうして?」と思う心を得たのだ。世界中から届けられるニュースは、私に事実を伝えてくれたが、モリスンの物語は事実を知らされるよりももっと強く湧き起る「どうして？」を、私の心に残して行った。そしてその「どうして？」は、決して絶えない光のように、私から出てゆかなかった。

モリスンに出逢ってから、モリスンの全著作を買い、それから英米文学の棚にある本を買うようになった。頻繁に買えなかったが、そうであったからこそ、それら作品は特別なものになった。

私はアーヴィングに、ミルハウザーに、サリンジャーに、カーヴァーに出逢った。彼らの描くものはどれも私に光をくれた。それぞれ違うその光は人には見えないかもしれなかったが、やはり私の中から絶対に出てゆかなかった。

『サラバ！』を書くことは、ひいては小説を書くことは、その光の力を借りることだった。私の中にたくさん存在している光が、私の背中を押してくれた。

改めて世界に作家がいてくれて良かったと思っている。私に「どうして？」を教えてくれた人、私に光をくれた人、私の背中を押してくれた人。

しかも今、私には作家の仲間たちがいる。彼らが書いている物語を、リアルタイムでビビッドに読むことが出来る。彼らに会うことは私に大きな力を与えるが、彼らの作品を読むことは、私にもっと大きな力を与える。

彼らが書いている、今も書き続けているのだ、そう思うと、自分でも信じられないほどの勇気が湧き上がって来る。それは作家としてもそうだし、読者としてもそうだ。

本を読む行為、小説を書く行為はひとりだが、私は決して孤独ではない。
本の力が、光が、もっともっとたくさんの人の心に届くようになってほしい。作家として、読者として、心から思う。そしてその一端を担えるように、非力ながら全力で書いてゆきたい。ずっとずっと書いてゆきたい。

『青い眼がほしい』
トニ・モリスン＝著　大社淑子＝訳
早川書房（ハヤカワepi文庫からも刊行）

私の美しさ

例えば雑誌をめくっていて、「愛されメイク」や「女子力アップコーデ」などの言葉を目にすると、喉《のど》の奥がキュッと狭くなる。それを簡単に不快だと言えないことに、少し息が苦しくなるのだと思う。

よもや勇気を出して「くたばれ愛されメイク!」「ファキン女子力アップコーデ!」などと吠《ほ》えてみたところで、私は別の「大いなる何か」に乗っている。やはりどこかで見た「何か」の価値観を、私は知らず甘受しているのだ。

マイノリティっぽい意見すらマジョリティになってしまっている昨今、「大多数」の価値観が体をガチガチに固めてしまっている中で、「私はこうありたい」という思いは、もうどうしようもなく適《かな》えがたい。「そこ」から脱却する小説を書こうともがくが、その行為があまりにも困難なことに、私はたびたび喉を細くする。

『しろいろの街の、その骨の体温の』の主人公・谷沢結佳《たにざわゆか》も、「価値観」に囚《とら》われながら生きている一人だ。小学生のときに仲良しだったふたり、若葉、信子と再び同じクラスになった中学2年生の結佳は、もう小学生のときとは違う、完全に出来上がっている教室内のヒエラルキーを感じながら生きている。

キラキラと輝いていた若葉は、一番「上」のグループにいるために必死に媚《こ》びを売り、その醜さゆえに一番「下」のグループにいる信子は、皆から蔑《さげす》まれながら、自意識を捨てることができない。結佳は、クラスでは「下」から2番目の「大人しい女子」のグループに属している。害のない存在とされる彼女は、比較的穏やかな生活を営んでいるが、自身の体のいびつな成長に対する違和感と羞恥を持っており、それは、膨張し、いずれそれを止めてしまう「ニュータウン」の持つ運命と、そっくり似ている。彼女は「この街が大嫌い」だ。

結佳はまた、小学校のときから、恋や性欲というにはあまりにも幼い「何らか」の欲望を覚えて以来「おもちゃ」にしている、クラスの上層グループの人気者、伊吹に歪《ゆが》んだ感情を持っている。

穏やかな生活といっても、結佳はたびたび、クラスメートたちから残酷な扱いを受ける。「下層の人間」として、「ブス」として扱われることに苦しみ、傷つき、結佳はほとんど傷だらけだ。だが、きちんと血を流すことは、できていないように思う。彼女は「教室内」で作られた価値観に囚われすぎて、自分の「痛み」すら痛んであげられていないのだ。伊吹に対する気持ちにも、「下層と上層」であるという意識ゆえに、きちんと対峙《たいじ》することができない。だが、あるきっかけがあり、彼女が教室内で「転落」してから、物語は大きく動く。

ここからの流れは今も言葉にうまく表せない。特に孤独になった彼女が、やっと彼女だけの「価値観」を見つける描写には震えた。高熱が出るときには、体が震える。それは、そういう類いの震えだった。

これは教室内の話だけではない。もちろん、まさに中学生に読んでほしい物語ではあるが、彼女らだけのものではない。その証拠に、読み終えた後、私の救いがたい喉が、ふわっと開いたのだ。筋肉が健やかに動き、血液が流れ、大きく開いたそこに、新しい空気がたくさん入ってきた。久しぶりに、きちんと息をしたような気分だった。

「こうでありたい私」ではなく、私は、「まぎれもなく私」なのだということ。それを受け入れることはとても難しいことだが、受け入れた先の景色は、間違いなく美しい。

私は私の美しさを見つけよう。とても困難だが、必ずやってみせよう。勇気をくれたこの物語を、私は絶対忘れない。

『しろいろの街の、その骨の体温の』

村田沙耶香　朝日文庫

鮮やかな裏切り

チママンダ・ンゴズィ・アディーチェという作家を知ったのは、『アメリカにいる、きみ』という作品でだった。

書店で何気なく手に取ったのだったが、パラリとめくって見えた著者に、一目惚《ぼ》れしてしまった。作家から作品に入るのはちょっと恥ずかしいことだが、でも彼女の写真はどうしようもなく私を惹《ひ》きつけた。彼女は恐らく民族衣装のようなものを着て、髪の毛を細かなブレーズに編みこみ、どこかの芝生を背景に笑っていた。私の思う「アフリカの美しい女性」そのものだった。そして（私にとって）とても重要なことだったが、私と同じ年齢だった。

『アメリカにいる、きみ』は、表題作を含む10の短編集だ。どれも主人公は、彼女と同じナイジェリア人、だが共通項はそれだけだ。彼らは性別も年齢も立場も、生きている時代も違う。

例えばアメリカに移住した若い女性、例えば71歳の退職した大学教授、そして例えば、ナイジェリアの悲しいビアフラ戦争の最中《さなか》にいる人々。

著者はまるでシャーマンのように、さまざまな人物の内面に潜り、彼らの目から見た世界を描いている。読んでいると、私の網膜にしっかりと焼き付けられていたはずの「あの美しいアフリカの女性」は姿を消し、あとはただ、物語の尾にしがみつき、めくるめく感情体験に身を浸している。

「美しいアフリカ人女性が書く小説を読みたい」と思っていた私を、鮮やかなやり方で裏切るこの才媛は、まさにその「裏切り」を意図的にやっている。とても洗練されたやり方で、そして作家としての驚くべき才能でもって。

彼女は2009年、TEDという講演会で、壇上に立っている。そこで、シングルストーリー（ひとつの物語しか見ないことによって、その物語がその世界のすべてだと感じること）の危険性について話している。世界の人々の思う「アフリカ」（中には、アフリカを国だと思っている人間もいるという！）、今まで語られてきたそれは、大抵が白人の文学によってだったことを、彼女は危惧している。彼女はアメリカ文学が好きだったが、例えば『アメリカン・サイコ』を読んで、アメリカの若者がすべてシリアルキラー（殺人鬼）だったとは思わなかったと言う。何故なら彼女はたくさんのアメリカ人作家の作品を読んでいたからだ。それと同じように、「アフリカ」は、決して一元的なものではない。さまざまな視線、思い、複雑な要素がからみあった上での「アフリカ」なのだ。

私が知った初めてのナイジェリア人作家は、エイモス・チュツオーラだった。『アメリカにいる、きみ』に出合う前に、私はチュツオーラの『やし酒飲み』を読んでいた。荒唐無稽《むけい》で魔術的なこの作品は、私の「アフリカ感」をこれでもかというほどに満足させてくれたが、もちろんそれは私のシングルストーリーであった。

アディーチェの描く「アフリカ」には、荒唐無稽も魔術もないが、淡い恋があり、醜い嫉妬があり、深い悲しみがあり、大きな怒りがあり、甘やかなおかしみがあった。『やし酒飲み』で知った「アフリカ」の知識を、アディーチェは「それだけがアフリカではないのよ」と鮮やかに覆したのだ。

そしてそれは当然、「アフリカ」のことだけではない。世界は、いつだってそうなのだ。何ものも一元的に語ることはできない。我々の生活は、さまざまに、複雑に入り組んだものでできている。それをほどき、感情に分け入り、寄り添うこと。それが小説家の仕事だ。

小説家の仕事を、高潔にやってのけるアディーチェは、私の憧れの人だ。

『アメリカにいる、きみ』
チママンダ・ンゴズィ・アディーチェ＝著
くぼたのぞみ＝訳
河出書房新社

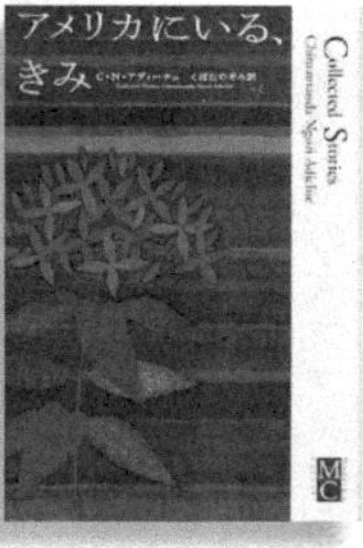

『やし酒飲み』
エイモス・チュツオーラ＝著　土屋 哲＝訳
岩波文庫

3本柱

津村記久子さんの大ファンである。

デビュー作の、『君は永遠にそいつらより若い』から、出版されているすべての著作を読んでいる。

津村作品の魅力は、「面白い、格好いい、優しい」の3本柱だと思っている。

まず1つめの「面白い」だが、これは、説明する必要がないだろう。

津村作品には、いかに悲惨で救いのない状況であろうと、根柢《こんてい》にユーモアがある。それも、思いっきりおかしな顔をして「バアッ！」と驚かすようなものではないし、「今から面白いこと言いますよ」のエクスキューズがあるわけでもない。私には何もありませんすみません、というような、謙虚なユーモアとでも言うべきものが、ものすごくナチュラルに文章に滲《にじ》ませてある。それも、とても真面目だ。真面目な面白さは、後々にまで後を引く。本を閉じてもしばらく笑ってしまう小説は珍しい。

2つめの「格好いい」であるが、津村作品には、いわゆるヒーローは出てこない。

それどころか、日々の雑事に頭を悩まし、大体いつも疲れている人物ばかりだ。でも、彼らは、人知れず誰かのために生きている。日常のささやかな場面で、あるときは悪態をつきながら、あるときは絶望しながら、でも、誰かを助けている。誰にも気づかれず、「ありがとう！」と涙を流されるような機会はきっと永遠に巡ってこないが、見返りを求めない彼らは、だからこそ格好いい。

最後の「優しい」であるが、それは前述の「格好いい」にも繋がっている。津村作品は、読者をことさら励ますようなことはしない。

「絶対に希望はあるよ！」とか、「あきらめないで！」というような、励ましという名のプレッシャーを許さない。津村作品は、見てくれている。世の中のほとんどの人がのっぺらぼうのような扱いを受ける中、「違う、あなたにはきちんと顔がある、あなたの生活がある。取るに足らなくても、クソみたいでも、私はあなたを見ている」。そう言われているような気持ちになるのだ。

どのような励ましの言葉より、「見てくれている」という気持ちは、私たちを強くする。「ありがとう」を強要しない優しさは、もっとも「優しい優しさ」だと思う。

このような魅力的な津村作品の中で、1冊を挙げるのは難しい。つまりどれも完璧な「津村作品」だからだ。でも今回、あえて1冊挙げるとするなら、最新刊の『これからお祈りにいきます』にしよう。

まず、タイトルだけで笑ってしまった。この哀切で真面目な面白さは、もうそのまま津村作品の魅力だ。物語は、願いを適《かな》える代わりに、その人の体の何かを奪ってゆくという、いい奴なのか悪い奴なのか分からない神様を祀《まつ》る、ある祭までの数か月が描かれている。

神様ですらもキラキラしたものにしない津村記久子さんはすごい。主人公は高校生のシゲル、やはり、とても疲れている。ファンタジーでもあるのだが、この上なく現実的な物語でもある。

つまり、いいことは早々起こらないし、大団円のハッピーエンドでもない。でも、だからこそ、ものすごく信じられる。読み終わると、胸の中に、とてもとても小さな、でも強く光る何かが残っている。

最新刊を読むたび、私はますます津村作品のファンになる。ちょっと、怖いくらい好きだ。

『これからお祈りにいきます』
津村記久子　角川文庫

物語の力

さまざまな場面で、物語に助けられている。

悲しい思いを抱えた主人公の物語を読んで孤独を癒やし、また逆に、キラキラとまぶしい世界を描いた物語を読んで、ここではないどこかへ思いを馳《は》せる。本を閉じた後も、自分の現実は何ひとつ変わらない。でも、一度物語を通過した視線で見ると、世界はどこか違った輪郭を持ち始める。物語は、私の視界をクリアにし、新たに見直す力をくれるのだ。

『ミスター・ピップ』は、そんな物語の力を描いている。でも、その力は、私が得るようなささやかなものでは遠く及ばない。それは人間を、生かす力である。

主人公であるマティルダは、パプア・ニューギニアのブーゲンヴィル島に住んでいる。父はオーストラリアで暮らしていて帰らず、マティルダは母と二人暮らしだ。

１９９０年の初頭、反政府軍が島の離脱を求め政府に反旗を翻し、ニューギニア政府はそれを受け、島の閉鎖を行った。閉鎖により石油もロウソクも貴重品になり、そのうえ島では革命軍と、政府がよこしたレッドスキンと呼ばれる兵士が互いに殺戮《さつりく》を繰り返している。

島には唯一の白人が住んでいる。皆は彼をミスター・ワッツと呼ぶ。閉鎖された島で、学校にも行けない子供たちのために、彼は独自の授業を開始する。ディケンズの『大いなる遺産』の朗読である。

「僕の父の名前はピリップで、僕のクリスチャンネームはフィリップだったので、（中略）僕は自分のことをピップと呼び、人にもピップと呼ばれるようになった」

その日から、ピップは子供たちの友人となる。

マティルダは、ピップの世界に想いを馳せる。ピップはもはや想像上の人物ではない。マティルダに寄り添い、共に苦しみ、共に生きてゆく人だ。初めは白人であるミスター・ワッツに懐疑的だったマティルダの母も、やがて彼のクラスにやってきて、マティルダも知らなかった物語を話す。教科書も鉛筆もない中、物語はマティルダの希望であり、世界と自分とを繋ぐものだった。

だがある日、マティルダが砂浜に書いたＰＩＰという文字が、レッドスキン兵たちに誤解を与える。レッドスキン兵は、ＰＩＰを革命軍のリーダーだと勘違いし、こちらに差し出せと迫るのだ。マティルダや島の子供たちはそこで、筆舌に尽くしがたい残酷な体験をすることになる。

苦しくて、何度も本を閉じようと思った。でもできなかった。私はそのときマティルダで、同時にマティルダの物語を読む人であった。私はなんとか自制心を保ちながら、でも結局すっぽりと物語の中に入り込み、泣けないマティルダの代わりに泣き、ページを繰る自分の指を、きちんと自分のものだと認識するのに必死だった。

物語によって救われ、そしてその物語によって大切なものを失ったマティルダは、でもやはり物語によって生きることを選ぶ。私はそのとき、ミスター・ワッツの声を聞いた。

「その声は君だけのもので、誰にも取り上げられない君がもらった特別な贈り物です」

本を閉じた先には、私の部屋があった。猫が丸くなり、少ししおれた花が飾られ、どこまでも静かで平穏な私の部屋が。私は私の部屋で、いつまでもミスター・ワッツの声を聞いていた。物語の力に圧倒されながら。

『ミスター・ピップ』
ロイド・ジョーンズ＝著
大友りお＝訳　白水社

存在する愛

自分が読みたい小説を書きたい。

そう願う作家は、きっと私だけではない。でも、「自分が読みたい小説」を書くのは、もちろん、とても難しい。例えば夢中で書くのは素晴らしいことだが、その夢中が「ねえ、聞いて聞いて！」になってしまうことは往々にしてあるし、技術を得れば得たで、「こう読ませたい」という、しゃらくさい感情が表れる。

いとうせいこうさんの『存在しない小説』は、その、ほとんど奇跡といってもいい「自分が読みたい小説を書きたい」を、かなえている作品だと思う。制作の現場に立ちあったわけではないし、お会いして話を聞いたわけでもない。それでも、部外者である私がはっきりそう思うのは、この小説から、におい立つような愛を感じるからだ。

自分が読みたい小説を書きたい、と願うとき、それをかなえるために必要なのは、もちろん技術と、膨大な読書量と、何より作品に対する愛だと思う。この作品が好きだ、という作者の愛は、絶対に私のような「部外者」を巻き込む。私はこの作品を読みながら、作者の愛に翻弄《ほんろう》され、酔い、結果、離れられなくなった。

ごちゃごちゃ書いたが、つまり、めちゃくちゃ面白かった！

この作品は、フィラデルフィア、ペルー辺境の村、クアラルンプール、香港、ドブロブニク、そして東京というさまざまな都市の物語を、この世に存在しない作家が書いている。つまり、小説それ自体が存在しない、ということになっている。

例えば、（存在しない）ラーマト・ラマナンという作家が書いた、（存在しない）「あたし」という作品。クアラルンプールに住むイスラム教徒の女の子、シティが、図書館に本を返しに行こうとでかけたある日、大雨にあう。川が氾濫し、家に帰れなくなったシティは、チャイナタウンに紛れ込んでしまう。中国人は、シティたちイスラム教徒にとっては異教徒だ。それにチャイナタウンでは、外国人の子供を招き入れて手足を切る、などという怖い噂《うわさ》もあった。なのにシティは、図らずも、オンヨーさんという中国人の家で、雨がやむのを待つことになる。

シティという女の子から見た世界の瑞々《みずみず》しさ、人が宗教や思想から、つまりある種のレーベルから逃れて人と出会うということ。この小説は、この上なく優しい筆致で、ある女の子がきちんと「あたし」になる瞬間を書いている。

他のすべての小説も、本当に本当に面白いが、私はこの「あたし」が大好きだ。読み終わった後、この小説に出会えて良かったと、心から思った、その次の瞬間、編者であるいとうせいこうさんが現れた。編者（いとうさん）は、これら存在しない小説が、どのような仕組みの下で成立するのかを説明するために現れるのだ。

ああ、そうか、「あたし」は、ラーマト・ラマナンではなく、いとうさんが書いたのかと驚く間もなく、また新しい世界が始まる。なんと次の作品は（存在しない）いとうせいこうという作家が書く、（存在しない）「能楽堂まで」という作品なのである！

読みながら、こんなに驚き、翻弄される。この作品は、小説が出来るすべてのことをしようとしてくれているように思う。それはきっと、小説への愛だけでは成り立たない。我々読者への愛でもある。その愛は確実に「存在して」、私の中から決して出てゆかない。

『存在しない小説』
いとうせいこう
講談社文庫

ジュノの呪い

本好きの方なら、ジュノ・ディアスという名前を聞いたことがおありだろう。『オスカー・ワオの短く凄《すさ》まじい人生』という小説で、日本でも一躍名を馳せた作家だ。

この作品は、ドミニカ系アメリカ移民のオスカーと、その家族にまつわる物語である。オスカーはオタクで、ドミニカの男性には全くもってありえないほど女性に縁がない。彼の悲しき恋愛遍歴、そして華麗なるオタク遍歴が、オスカーの唯一の友であり語り手のユニオールによって綴《つづ》られるのだが、そこにオスカーの姉ロラと、母ベリの壮絶な人生が絡み、やがてオスカー家を、いや、ドミニカ共和国という国を巻き込むフクと呼ばれる呪いの話となってゆく。

ドミニカのフクは、30年あまりにわたって君臨したトルヒーヨという男の、悪逆の限りを尽くした残酷な統治である。オスカーのオタク趣味というミクロ、トルヒーヨの残虐な統治の歴史というマクロが出会い、私たちは縦横無尽、さまざまな「場所」へ連れて行かれる。

この、まさに凄まじい作品を読んでしまうと、当然ながら著者のことが気になる。それが、ジュノ・ディアスだ。実は私は、ディアスの作品に、1998年に会っている。彼のデビュー作『ハイウェイとゴミ溜《た》め』だ。この短編集の主人公はユニオールという。『オスカー・ワオ』の語り手となっている彼だ（つまり私は、ユニオールにも、その当時すでに会っていたのだ）！

ユニオールと兄のラファが、豚に顔を食われたイスラエルという男の子の顔を見に行く話、ヤク中の女の子との絶望的な恋や、去っていった乱暴な父を忘れない母の静けさ、悪友たちとの破壊的な青春。クールな情景描写と時折織り交ぜられる強烈なユーモア、そして何よりドミニカ人たちの騒々しい日常に、当時の私は夢中になった（ローティーンのときに初めてヒップホップに出会ったときのような衝撃だった）。

さて、98年と書いたが、私が『オスカー・ワオ』を読んだのは2011年だ。つまり13年のブランクがあるわけだが、私が『オスカー・ワオ』を見つけるまでに13年かかったのではない。『ハイウェイとゴミ溜め』を書いてから、『オスカー・ワオの短く凄まじい人生』を書くまでに、ディアスは11年の歳月をかけたのだ（ちなみに、書くまでは11年だが、日本で翻訳・発行されるまでにさらに数年の歳月を要した）！

まず、それが許されるアメリカの文学事情に驚いたし、それ以上に、ディアスの並々ならぬ情熱に驚かされた。彼はきっと、11年という歳月をかけなければこの作品を書くことはできなかったのだ、あまりに真摯《しんし》に作品に取り組むあまり（自分が経験していないドミニカの悲劇を書くのに、彼はどれほどの勇気と知恵を必要としただろう？）。

つまり『オスカー・ワオ』には、ディアス自身の呪いもかかっている。読者を虜《とりこ》にして離さない、強烈な呪いだ。

ディアスは2013年に『こうしてお前は彼女にフラれる』を出している。我らがユニオールが恋愛的放蕩《ほうとう》を繰り返し、律儀にフラれる短編集である。クールネスとユーモアは健在。それに加え、時折自分の感情を覗《のぞ》きこまされるはめになる。これは「私たち」の物語ではないのか、と。

それにしても、ジュノ・ディアスの新作をたった2年で読めるなんて、こんな幸せがあるだろうか？

どうか彼が長生きしますように。寡作な彼が、一冊でも多くの本を書いてくれますように。

『オスカー・ワオの短く凄まじい人生』
ジュノ・ディアス＝著
都甲幸治、久保尚美＝訳
新潮社

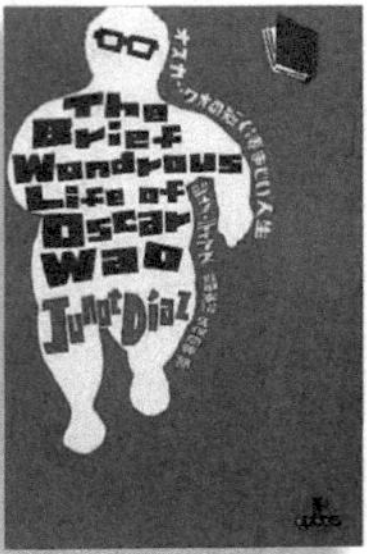

『こうしてお前は彼女にフラれる』
ジュノ・ディアス＝著
都甲幸治、久保尚美＝訳
新潮社

ひらかれた

長嶋有さんがツイッター上で行っていた「それはなんでしょう」という言葉遊びに、参加させてもらったことがある。この遊びは、出題の後半部分だけを最初に提示し、それに対して参加者が各々《おのおの》で予想して答えを出す。答えを締め切った後に全部出題し、さまざまな答えがいかに本題からズレたか、または図らずも「正解」を出してしまったか、などについて論議し、楽しむのである。散々笑い、考えさせられ、ツイッターというツールの広がり方と繋がり方に驚いた。

長嶋さんの著書『問いのない答え』は、この遊びを、まさに小説にしている。ツイッター上で出会い、顔も知らずに広がった人々が、各々の「答え」を用意しながら、それぞれの生活を送っている様子が描かれる。ある者は離婚し、ある者は恋をし、ある者は転勤の辞令を受け、ある者は人身事故で停車した電車の中にいる。それぞれの視点の変化が本当に見事だし、彼らの生活のリアリティー（という言葉すら胡《う》散《さん》臭く聞こえるような）、丁寧なディテールには、時折声を出して笑ってしまう。そして、そうやって読んでいると、まるで自分がこの物語の登場人物に「なりえたのではないか」と思うようになる。造園業に従事する女性、作家、女子高生、派遣社員、とにかく多様な登場人物がいるから、その中の誰かに感情移入できる、ということではない。

物語の世界があまりに「ひらかれている」のだ。

私たちは読者だが、読者である私たちも、この物語の中の誰かになれたような気がする。たった今からでも、この遊びに参加できるのではないか、そう思う。

だから作中、秋葉原で大量殺人を犯した加藤智大《かとうともひろ》被告の名前が出てきたときは、ドキリとした。

作中に登場する女性作家、サキは、専門学校で創作の授業を持っている。サキは加藤がネットに残した膨大な言葉を、授業でテキストとして使っている。

彼はどうしてこんなに「書いた」のか。

サキが加藤の「言葉」に、つまりたくさんの「答え」に、ある感情を喚起されるシーンで、私は泣きそうになった。『問いのない答え』は素晴らしい物語だが、時折どうしても泣き出しそうになった。そしてそんな自分の感情に、理由がつけられずにいた。だから泣くまい、と思っていた。でも私は、そのシーンで、やっと自分の「泣きそう」の理由が分かった。私は、「誰も孤独にしたくない」という、この物語の思いに、圧倒されていたのだ。

それでも、私は泣かなかった。やっと泣くことができたのは、『群像』2014年3月号に掲載された、福永信さんの書評を読んだときだ。震災後に書かれたこの小説に関して、福永さんが次のように言及されている箇所があった。

〈物書きの多くが、突撃隊のようにど真ん中に表現の言葉を投げ込んでいた時、長嶋有だけは、言葉を疎開させた。突撃隊も勇気のいることだが、言葉の疎開も、それがほとんど誰にも思いつかないことだったという意味ではもっとも、果敢な行為に違いない。彼はきっと、自分の読者を守りたかったのだ。たぶん銃後のお母さんのような気持ちで、読者を守りたかったのだと、そう思える〉

私はこの書評を何度も読み、それから『問いのない答え』を何度も読んだ。私はできるだけたくさんの人に、この物語を読んでほしいと思っている。読み始めたときから、もう私を孤独にしなかったこの小説は、いつだって皆にひらかれている。

『問いのない答え』
長嶋有　文春文庫

独裁者

ある作品を書くとき、作家はその作品において、一時的に神になる。

自ら作り上げた登場人物を、物語のために動かし、出会わせ、ときに殺し、ときに生かす。

神という言い方が大げさであっても、その物語において、作者が「独裁者」になるのは免れない。何故ならその物語を作り、伝えることができるのは、作者ただひとりであるからだ。

「作者が神、または独裁者である」ということを意識的に読者に伝え、作品で起こることの責任を負おうとしたひとりに、ミラン・クンデラがいる。彼は「登場人物に名前をつけなければならないことが少し恥ずかしいとほのめかしている」ほどなのだが、この本『ＨＨｈＨ　プラハ、１９４２年』の作者、ローラン・ビネは、そのクンデラをして、こう評している。

「僕の考えでは、クンデラはもっと遠くまで行けたはずだ。そもそも、架空の人物を登場させることほど俗っぽいことがあるだろうか？」

ビネは、この著書で、実在する人物を描いている。ユダヤ人を大量に虐殺した首謀者、ドイツ人将校のハイドリヒと、彼を暗殺するために派遣されたふたりの青年、チェコ人のヤン・クビシュ、そしてスロバキア人のヨゼフ・ガブチーク。

だがこの物語には、もうひとり、重要な登場人物がいる。ビネ自身だ。自分の書く物語の中に登場するのは、クンデラの得意とするところだが、ビネが書こうとしているのは、歴史の話、実話だ。ビネが創作したものではない。では彼自身が登場するとは、どういうことか。

ビネは、歴史の事実そのものを書くことだけではなく、「歴史の事実を、自分の創作なしに、いかにありのまま伝えるか、を奮闘する自分自身」を、書いているのである。

ビネはだから、本筋（歴史的事実の部分）では、ことさら感情を抑えている。膨大な数の資料によって得た情報を、装飾や誇張なしに、可能な限り、ありのままに描く。ハイドリヒの非道な行いも、クビシュやガブチークのわずかであった青春も、同じ温度で、ある意味これ以上できないほど淡々と描いている。だが、時折登場する「ビネ自身」は、自分がこの「物語」の独裁者であることに悩み、膨大であれ限られた資料だけでいかに「真実だけ」を正確に伝えるかに苦悩する人間として登場し、物語に波紋を投げかける。

今までさまざまな歴史小説を読んできたが、このアプローチは初めてのことだった。「ありのまま」を語ることは難しい。そのとき、彼は何を食べたのか、笑ったのか、怒ったのか、記事に残っている会話は果たしてあったのか、車の色は本当に黒だったのか？ あらゆる細部を、本当にあったことだけを書き続けようとするビネは、何度も立ち止まり、振り返り、躊躇《ちゅうちょ》し、削除し、後悔し、ほとんどいつも、揺れている。そしてラスト（それは悲しい最後であると、ビネ自身も分かっている）が近づくにつれ、ビネは感情を抑えきれなくなる。自身の揺れを認めながら、彼が「歴史」に寄り添う瞬間（その方法に、皆さんきっと、とてもとても、驚かれることだろう）は、悲しく、美しい。

読書体験は、今まで私にさまざまなものをもたらしてくれた。だが、『ＨＨｈＨ』がくれたものは、そのどれにも譬《たと》えられなかった。全く新しい体験だった。「小説とは何だろう」という思いを、改めて強いものにしてくれた。

『HHhH　プラハ、1942年』
ローラン・ビネ＝著　高橋　啓＝訳　東京創元社

小説は自由だ

昔、映画関係の仕事をしている方と、お食事したことがある。そのとき、

「小説を映画化するときに、雨が降っていた、と書かれたり、東京ドームがいっぱいになって、とか書かれていると困るんだよ。そのシーンを作るのが、どれだけ大変か」

そう言われた。

「小説はいいよね。自由で」

なんだか、得意な気持ちになった。

雨どころではない。東京ドームが満員どころではない。人がどろどろに溶けてしまう雨を降らすこともできるし、東京ドームを猫だけで満員にすることもできるのだ。

小説は自由だ。

だが、その自由も、ただの自由だったらダメである。人がどろどろに溶けてしまう雨だって、それが「突拍子もないだけのこと」だったらちっとも面白くないし、猫だらけの東京ドームだって、それが物語に馴染《なじ》まなければ、意味がない。「自由」を輝

かせるための「自由な装置」や「自由な言葉」が必要になってくる。そしてその配置に、絶妙さがなければならない。すなわち、「自由な小説」とは、センスがないと書けないものなのである。

山崎ナオコーラさんの『論理と感性は相反しない』という本を、私は愛していて、それは自由だからだ。自由を輝かせるセンスが、爆発しているからだ。

この本の中では、まず体裁も決まっていない。数ページで終わるものがあったり、密接に関係している物語があったり、かと思えば他の何とも全く関係なく独立しているものがあったり、そのうえ、「終わらないあとがき」が何ページも続いていたりする。

全部好きだから、何か挙げるのは難しいが、例えば「ブエノスアイレス」と、後に続く「秋葉原」という話。

矢野と神田川という仲良しのふたりが、ブエノスアイレスに旅行に行く。ふたりはブエノスアイレスが東京の反対側であることに鑑み、「アンチポデス」の話をする。アンチポデスというのは、澁澤龍彥の本に出てきた言葉で、自分の反対側の存在を意味するらしい。ふたりは、今自分たちがブエノスアイレスにいるのだから、自分のアンチポデスは、東京にいるに違いない、と言うのだ。

果たして神田川のアンチポデスは、秋葉原にいる。ボルヘスという男であるらしい。こんなふうに書いたら、とてもドラマチックな物語に思われそうだが、神田川もボルヘスも、特別なことをしない。神田川は、ブエノスアイレスくんだりまで行って、矢野と共通の友達である武藤くんの嫌いなところを話しているし、ボルヘスは秋葉原の「妹系カフェ」に入り、「おかえり、お兄ちゃん」などと言われている始末だ（矢野も神田川もこの本によく登場するが、ボルヘスはこの話以外、一切出て来ない）！

こんなふうに、あるときはスかされたような気持ちになり、あるときは直球のボールを胸の真ん中に投げられたような気持ちになり、結果、ページをめくるたび、ニヤニヤしている。なんだろう、「もっとやれ！」という気持ちになっている。

もっと嘘をついてほしい、もっとふざけてほしい。もっとスかしてほしいし、思いがけない言葉で、私をハッとさせてほしい。

黒い印刷文字で、この本は、私をこんなにもワクワクさせてくれる。

小説は自由だ。そう思う。そう思わせてくれる自由な小説は、だから、とても優しい小説でもある。こんなに優しい小説がこの世界にあって、私はとても幸せだ。

『論理と感性は相反しない』
山崎ナオコーラ　講談社文庫

生きている

世界をフラットに見たい。

出産も、死も、性交も、再会も、別れも、それがこの世界で行われていることならば、感情のバイアスをかけず、フラットに見つめたい。きちんと見て、それから考え始めたい。

人間をフラットに見たい。

国籍や宗教や、性的趣向や服装や肩書からではなく、その人がどうしてその人であるのかを、きちんと見つめたい。きちんと見て、それから考え始めたい。

だがもちろん、それがとても困難なことであることも、分かっている。

特に、大人になればなるほど、つまり経験値を重ねれば重ねるほど、バイアスは大きくなる。すべてのことを等間隔で世界に並べて見つめることは、悲しいが、実生活ではほとんど不可能なことである。

アーヴィングは、そのほとんど不可能なことを、作品の中で限りなくやってのけている作家だと思う。

彼の小説の中では、産まれることや死ぬこと、おぞましいことや幸福の瞬間が、ほぼ同じ温度で描かれる。

言葉を尽くしたり、またはさらりと言いきるに留めたり、文章のリズムを尊重するための差異はあるが、それぞれの「ある出来事」は、ほとんどまっさらの状態で紙面に載せられる。どの出来事も「ドラムロール！　ジャーン！」というような、大げさな登場をしないのだ。

うわ、と顔をしかめる出来事や、おかしい、と憤慨するような描写は、たくさんある。でも、それぞれの出来事たちがフラットに置かれているので、やがて、「どうして私はさまざまな出来事の中で、この出来事だけに顔をしかめるのだろう？」「どうして私はこれをおかしいと思うのだろう？」そう考えるようになる。

それは、本当にささやかな瞬間だが、とても重要な気づきだ。私はその「どうして」を知りたくて、何度も何度も読むはめになる。そして、自分は自分の「うわ」を、自分の「おかしい」を、きちんと作りたいと思う。

結局それが、世間一般の偏見と同じ結果に落ち着いたとしても、偏見をハナから受け入れたのではなく、自分の心で、いちから考えた軌跡は、きっと私たちの中の何かを変える。

出来事と同じように、登場人物も、とても多様だ。成長を止めた人、熊の着ぐるみをかぶらないと誰かと接することが出来ない人、叶わぬ夢を持ち続ける人、レイプされた人。そして、『ひとりの体で』に登場する、自分のセクシュアリティーを見つけようとしてあがく主人公、ビリー。

ビリーは、恋に落ちた図書館司書の女性（元男性）に、こう言われる。

「ねえあなた、わたしにレッテルを貼らないでちょうだい――わたしのことを知りもしないうちから分類しないで！」

それは、著者自身の言葉でもあると思う。

何かに出会ったとき、それを分類しないでくれ。まっさらの状態でそれらを見つめてくれ。決して、目を逸《そ》らさないでくれ。

私たちは、レッテルを貼られる以前に、間違いなく生きている。さまざまな出来事に遭遇し、傷つき、喜び、絶望しながら生きている。

それぞれの人間が、それぞれの人生を必死で生きているということ。私たちは、ただそれだけに、胸を打たれるべきなのだ。

『ひとりの体で』（上・下）
ジョン・アーヴィング＝著　小竹由美子＝訳　新潮社

どうして？

小林エリカさんの作品と対峙するとき、いつも浮かぶのは少女だ。

少女が、世界のさまざまなものを、ありのままじっと見つめている、そんなイメージ。小林エリカさんは、作家であると同時に漫画家でもあり、アーティストでもある。彼女の描く絵の中の少女は、いつも、とても強い瞳を持っている。その絵の印象があって、一連の作品に対して、「少女」という印象を持つのかと思われるだろうが、そうではない。

私が、世界で一番勇敢なのは少女だと思っているからだ。映画でも絵本でも現実でも、私が勇気をもらうのは、いつだって少女なのだ。ナウシカ、ドロシー、モモ、マララ……、私が言いたいのは「少女性」のことであって、必ずしも真正の少女でなくても構わない。

無垢《むく》であることの勇気、疑問を持つことの勇気。そしてその疑問を声に出すことの勇気。少女性が孕《はら》むそれらの勇気を、小林エリカさんの作品から、いつも受け取るのだ。

『空爆の日に会いましょう』『親愛なるキティーたちへ』『忘れられないの』など、彼女のさまざまな作品――いや、プロジェクトといっていいだろう――は、どれも彼女のまっすぐな思いから始まっている。啓蒙《けいもう》的な視線も、批判も、バイアスもない。あるのは透明な「どうして？」だ。

『マダム・キュリーと朝食を』は、彼女の初めての小説作品である。

先行して発売されたコミック『光の子ども』と対をなしているが、この作品は驚くほど孤高だ。他に類を見ない、という意味でもあるし、ため息が出るほど「小林エリカ」そのものであるという点でも。

主人公は、「マタタビの街」という、人間がいなくなった世界で生まれた猫の「私」と、未来の街で暮らす、母を失った小学5年生の「わたし」、そして「光」である。

光とは、私たちが知っている光のことでもあり、そして放射能のことでもある。

「私」が暮らしていた「マタタビの街」は、光に溢れ、つまり放射能に「汚染」され、だからこそ人間が手放した。それは福島であるのかもしれないし、キエフであるのかもしれないし、またはどこかの「汚染地域」であるのかもしれない。「わたし」の祖母は、かつて「光の声」を聞いていて、猫の「私」は、光を食べることによって、時代や空間をさまざまに移動する。光が、この物語を繋いでいるのだ。

ラジウムを発見したキュリー夫人、電気を発明したエジソン、電気椅子の実験のために殺された動物たち、初めての電気処刑に処された囚人、ブラック・マリア・スタジオでダンスを踊らされるインディアンたち。

カーテンを開けたとき、木陰に日がさすとき、光がぱあっと地面に飛び散るように、物語はさまざまな飛躍を見せる。時間や場所を超えて、という言葉すら超えて、飛び散った光がそれぞれの場所で輝くように、物語はきらめく。その一瞬のきらめきを逃さないため、私たちは瞬《まばた》きをすることを諦める。ただじっと見る。見つめる。そして、こう思う。

「どうして?」

これは、小林エリカさんにしか出来ないことだと思うし、やはり浮かぶのは、勇敢な少女だ。

ただまっすぐに出来事を見つめる、少女の瞳。

だからこそ、対象物の歪みや輝きや儚《はかな》さが、これ以上ないほどの切実さで、はっきりと立ち現れる。胸が苦しくなるが、その苦しみを絶対に受け止めようと思う。苦しみを受け止めたとき、私たちは「少女の勇気」を分けてもらっている。

『マダム・キュリーと朝食を』
小林エリカ　集英社文庫

『親愛なるキティーたちへ』
小林エリカ　リトルモア

『空爆の日に会いましょう』
小林エリカ　マガジンハウス

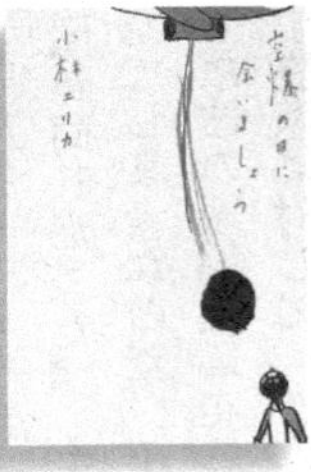

『光の子ども』（1・2）
小林エリカ　リトルモア

勇気の書

エトガル・ケレットを知ったのは小説からではなく、その人からだった。2014年の東京国際文芸フェスティバルに招かれていたケレットのキュートな人柄（そのフェスには私も参加させてもらっていて、楽屋が同じだった）、そして彼のお話のとんでもない面白さに、いっぺんでファンになってしまったのだ。そのときはまだ、ケレットの翻訳は日本で発売されておらず、のちに彼の短編集『突然ノックの音が』が発売されたと知るや速攻で手に入れた（ある小説家に対して、こんな「入り方」をしたのは初めてのことだ）。

それは、フェスで垣間見えたユーモアに溢れた摩訶不思議な、でもとことん信じられる世界だった。私はもちろん、彼の作品の大ファンにもなってしまい、今回のエッセイ集『あの素晴らしき七年』を、多大な期待と共に開いたのだった。

一読して思ったのは、「ああもうこれは、エトガル・ケレットそのものだ！」ということ。

たった一冊の短編集しか読んでおらず、彼の話す姿を数時間眺めただけなのにどうしてそんなことを言えるのか？　でも自分でも驚くほど自信満々に言えるのだ、これはケレットそのものだ、と。なんだったら、私以外の人間でもそう思うはず！　そう断言できるほど、ケレットのケレット節というのは唯一無二で独特、そしてもうひとつ驚くべきことがあって、それはエッセイ集であるはずのこの作品の読後感が、ほとんど短編集のそれと「同じ」だったということなのである。

もちろん書いてあることはノンフィクションだ。ケレットにとって初めての息子、レヴが誕生してからの「素晴らしき七年」分の彼の生活、そして思考が偽りなしに書かれていることには間違いない。『突然ノックの音が』のように、嘘をつき続けたあまり、その嘘が独自に世界を作ってしまったなんてことはないし、痔と共生しすぎて、いつしかその痔が自分よりも大きくなってしまったなんてこともない。

例えば一年目、電話の勧誘をどうしても断れないケレットは、なんとか衛星テレビ会社の電話勧誘販売員にあきらめてもらおうと、様々な嘘をつく。1分前に穴に落ちて額と脚にケガをした、などと。でも販売員はあきらめない。彼の嘘をものともせず、最終的に今まで話していた自分を兄だと言い、その兄が死んだとまで告げたケレットに対し、とんでもない勧誘の一言を放つ。

また例えば四年目、レヴと一緒にタクシーに乗ったケレットは、運転手のいやな感じに気づく。案の定彼はレヴのしたことに悪態をつき、それに怒ったケレットは彼に反撃する。一連のやり取りを見ていたレヴの子どもらしい、まっすぐで強くて透明な言葉に、ケレットははっとさせられ、そして運転手から思いがけない一言がもたらされる。どれも真実、ケレット自身に起こったことだ。でもケレットの独白にはどこか作り物めいたおかしみがあり、ウェルメイドな起承転結がある。きっとそれは、ケレットがナチュラルボーンストーリーテラーであることの証明だろう。そしてそこには、ホロコーストを経験した彼の両親からの影響も多大にあるのではないだろうか。

彼は幼い頃、両親の作ったお話を聞きながら眠りについた。本がなかったからだそうだが、両親が話をこしらえることが出来ることを、ケレットは誇らしく思ったそうだ。なぜならそれは、どこのお店にも売っていない、彼だけのものだったのだから。壮絶（という言葉では言い表せない）な青春時代を過ごした両親から聞いた様々な物語、それがその息子に力を与えたのだ、きっと。

ケレットは彼の父の話について、こう書いている。

「どんなに見込みの低そうな場所でもなにかいいものを見つけんとする、ほとんど狂おしいまでの人間の渇望についての何か。現実を美化してしまうのではなく、醜さにもっとよい光を当ててその傷だらけの顔のイボや皺のひとつひとつに至るまで愛情や思いやりを抱かせるような、そういう角度を探すのをあきらめない、ということについての何か。」

それはこのエッセイ集にも通底しているものだ。イスラエルという複雑な国に住んでいる無神論者のユダヤ人、という彼が直面する苦しみ、息苦しさ、悲しみ、それらすべてにほとんど命がけといっていいユーモアでもって対抗する姿は、彼の両親が、そして強い人間がいつだってやってきたことなのではないだろうか。

これはスーパー面白いエッセイ集であり、言葉の、そして物語の力を信じている人だけが出来る勇気の書でもあるのだ。

『あの素晴らしき七年』
エトガル・ケレット＝著　秋元孝文＝訳
新潮社

未熟な者だけに許された

一気に読み進めたいのだけど、実際読む手は止まらないのだけど、苦しくて苦しくて、どうしても一度伏せてしまう作品がある。そんな作品に出逢うのは稀で、だからしばらく動悸が止まらないし、読み終わった後もその世界にずっと引きずられる。『劇場』はまさにそういう作品だった。

主人公の永田は「おろか」という劇団を主宰している若い男だ。主宰しているといっても劇団はちっとも評価されず、わずかにいた劇団員ともぶつかり、結果永田の中学・高校の同級生であり理解者でもある野原を除いて、彼らに去られてしまう。永田という男を一言で表すのは難しい。考えすぎるところがあり、いつも憂鬱で悲観的、悲しくなるほどに純粋で、とにかく複雑である(でも、人間は常に複雑なものなのではないだろうか。特に若い人間は。彼らは自身の複雑さをもてあましたまま生きている)。

永田はある日沙希という女性に会う。沙希と会った瞬間、永田は自分でも理解出来ないおかしなことを口走り、必死で彼女に接触する。「声をかける」というような軽やかなことでは決してない。生き延びるため、ほとんど命がけで彼女を求めているように思う。

「この人を生まれた時から知っていて、間近で人生を見守ってきたことと等価の感覚をこの瞬間に得たのだ。」

それは永田にとってまさしく運命が変わる瞬間だったのであり、沙希にとってもそうだった。沙希ははじめ永田をこわがりながら、やがて笑いかける。

沙希は優しい。永田と暮らし始めた彼女は、とにかく永田の才能を認め、永田の存在を認め、ほとんどすべてを受け入れる。このうえなく感謝し、愛しつつも、同時に永田は彼女のその純粋さ、底なしの優しさにおののく。それゆえ、永田の愛は鋭角なものになり、永田の心を理解出来ない沙希を傷つけることになる。

恋愛小説と呼ばれるだろう。確かにこれは、若いふたりのつたなくもどかしい恋の話でもある。でも、もちろんそれだけではない。これは、演劇という表現形態との戦いの物語でもあるのだ。

作中、「まだ死んでないよ」という劇団が登場する。野原に誘われその公演を見に行った永田はこう思う。

「作・演出を手掛ける小峰という男が自分と同じ年齢だと知り、不純物が一切混ざっていない純粋な嫉妬というものを感じた。彼を認めるということは、彼を賞賛する誰かを認めることでもあって、その誰かとは、僕が懸命にその存在を否定してきた連中でもあった。」

さらに「おろか」の元劇団員でもある青山は小峰を天才として認めており、抗いつつも永田は「強引に小峰を見上げさせ」られるようになる。

「たとえみっともなくても、余裕など捨てて、小峰よりも時間を掛けて、演劇に喰らいつかなければならない。」

永田の闘いは壮絶だ。そんな壮絶な戦火の渦中にあるがゆえに、彼の鋭角の愛はますます沙希を傷つけることになる。そして沙希は少しずつ壊れてゆく。

どうしてこんなに下手くそにしか生きられないのか。

それは冒頭で書いた彼の悲しいほどの純粋さからきている。人が避けて通れる場所に頭から突っ込み、人が軽くいなせる思考をとことんまで突き詰め、与えられた武器を拒否し、まるごしで闘おうとする。何も言い訳せず、真向から演劇に向き合い、完膚なきまでに叩きのめされ、それでも食らいつく。それは同時に彼の人間としての品であるように思うし、そのままこの作品の品でもあると思う。この作品は、安易な精神の逃亡を許さない。

だから私は苦しくなったのだ。

永田の欠点を数え上げればキリがない、沙希にだって言いたいことは山ほどある。きっとこういうふたりは、時代から取り残されてゆくだろう。でも、彼らの純粋さ、年月という残酷な理に顔面を強打され、それでも生きてゆく姿勢は、私たちが簡単に手放してしまったものだ。手放し、そしてなかったことにして、器用に社会に迎合してきてしまった「大人」の私たちに、彼らを笑う資格などないし、批判する資格もない。

未熟な人間にだけ許された醜さ、美しさ。

かいぶつみたいな作品だった。かいぶつの内臓を見せられているような気がした。

こうやって書いている今も、私は『劇場』から逃れられないでいる。

『劇場』
又吉直樹　新潮社

私たちに届いた言葉

人生に影響を与えた本は？　とても難しい質問だ。

だって今まで読んだ本の中で、人生に影響を与えなかった本なんてないから。たとえ億劫がりながら読んだ読書感想文用の本でも、閉じたそばから忘れてしまった本でも、そこに綴られていた言葉は確実に私に浸透し、私のなんらかを形成している。言葉は強い。でも、どうしてこんなに強いのだろう？

あらゆる本の中で一冊を挙げるのは本当に本当に難しいのだけど、小説を書く勇気をくれた本のことを書こうと思う。アンソニー・ドーアの『すべての見えない光』である。

舞台は第二次大戦下、ドイツの占領下にあったフランスの街、サン・マロ。ドイツ軍に入隊した（せざるを得なかった）若きドイツ人兵士と、盲目のフランス人少女の物語だ。交わることのなかった彼らの人生が戦争という悲劇を迎え、やがて思いがけない邂逅を見せる。戦時下の残酷を描きながらドーアの筆致はこれ以上ないほど美しく、真摯な展開や巧みさ、この物語の素晴らしさをお伝えするのはとてもではないけれどこの文字数では足りない。だから読んではしい、としか言いようがないのだけど、私はというと物語そのものからはもちろん、ドーアの姿勢に勇気をもらったのだった。

私はその頃、ニューヨークの裕福な家庭に養子として預けられたシリア人少女の話を書いていた。物語の芽が顔を出したとき、どうしても書かねば、そう強く思ったからなのだけど、その強さと同じくらいの強さで、もちろん葛藤が始まった。

自分が書いていいのか？

私はシリア人ではない。養子として育てられた経験もないし、ニューヨークで9・11を目撃したわけでもない。あたたかな部屋で家族に囲まれ、命を脅かされる一日を経験したことのない自分がこの物語を書いていいのだろうか？

結果、私はそれでも書いた。もちろん葛藤より先に衝動があったからだけど、そばにこの本があったことがとてもとても大きかった。ひとりよがりかもしれないけれど、会ったこともない彼が言ってくれたのだ、「イエス」と。

ドーアは1973年生まれのアメリカ人だ。第二次大戦を経験していないし、軍隊に入った経験も盲《めし》いた経験もない。文芸祭でサン・マロを訪れたドーアは、この美しい街が戦時下アメリカ軍の爆撃でほぼ全壊させられたことを知り、この物語をひらめいたのだそうだ。自分とは全く交わることのないはずの物語。でも、書かずにおれなかったのだと思う。どうしても言葉にしたかったのだ。

言葉は、伝えることを前提に作られている。伝えたい、とするその思いがこめられているから強いのだ。たとえそれが幻想の物語でも、私たちに届いた言葉は体内で芽吹き、あらたな命になる。決して出てゆかない。

肌や五感やあらゆるものが私に備わっていて良かったと日々思うけれど、言葉。言葉があって本当に良かった。

『すべての見えない光』
アンソニー・ドーア＝著　藤井光＝訳
新潮社

言葉が出来るすべて

トニ・モリスンは、私にとって特別な作家だ。

モリスンの著作は、もちろんすべて読んでいる。1970年にデビューして今まで（日本で翻訳されているものは）、8冊の小説しか出していないが、それを寡筆だと言うことは出来ない。何故ならモリスンの小説は、その時間がないと絶対に書けなかったものであるし、作品を読んだ後の余韻が、長く長く続くからだ。その余韻は真剣で、苦しく、そして優しい。

『ソロモンの歌』は、彼女の出世作だと言われている。最近では、オバマ大統領が人生最高の書に挙げ、話題になった。改めてモリスンの著作を読み返してみたが（私にとってはどれも最高の書であったが）、やはりこの作品は、モリスンの作品群の中でも、ひときわ魔術的な魅力を持ったものであると思う。

物語は、1931年、マーシーという街で保険集金人が屋根から飛び降りるシーンから始まる。彼は街の皆に、「飛ぶ」ことを予告していた。「自分の翼で」と。その翌日マーシーの病院で初めて産まれた黒人の赤ん坊は、内気な少年へと成長してゆく。赤ん坊でなくなっても、母親の乳を吸っていた彼はミルクマンとあだ名され、いつしかこの小さな街や、自分自身の置かれた環境に絶望し、自らのルーツ、自らの「翼」を探しにゆく。

オバマ大統領の肌の色それだけが、この物語を最高の書に挙げさせるに至ったのではないだろう。これは確かに「黒人」の人生の、彼らのルーツの話であるが、それ以前の「人間」そのものの話だ。自分が今どうしてここにいるのか。死んでいったたくさんの人たちは、どうして死んだのか。抗《あらが》い難く湧き起こる愛情と憎しみの正体は何なのか。

モリスンの綴る文章は歌うようでもあり、叫んでいるようでもあり、静かに慰めているようでもある。つまり人間が発する言葉が出来る「すべて」をしようとしているように思う。モリスンの言葉に触れると、心がざわめくし、安心するし、泣きたくなるし、幸福で声を出したくなる。そんな体験を私はしたことがなかったし、これからもそうだろう。私はきっとずっと、モリスンの言葉と共にあるのだ。

『ソロモンの歌』
トニ・モリスン＝著　金田眞澄＝訳
ハヤカワepi文庫

あとがき

『まにまに』は『L25』、『ダ・ヴィンチ』、『朝日新聞』、『芸術新潮』、『毎日新聞』誌上で連載していたエッセイを一冊にまとめたエッセイ集である。一番最初に『L25』で連載をしていたとき、私は32歳だった。つまり、6年分のエッセイを集めていただいたことになる。

30歳を過ぎたら人間不動、趣味嗜好思考なんてそうそう変わらないわよ、そんな風に思っていたけれど、読み返すと当時と変わっていることがぽつぽつあって驚く。例えば今はトイレで音姫を使おうとも思わないし、ずっと寝間着で過ごすことはなくなったし、「バトル・ロワイアル譬《たと》え」をしなくなった。というより、そんなことをしていたことすら忘れていた。おかしな言い方だが、「こんにちは！　過去の自分！」という感じだ。

そんな中、誰かに会うとき嬉しくて先走って脳内で会話をするのや、機械や進化より生身の犬のクソの方が勝ちだぜと思っていることや、フランケンシュタインを怖がらなくなった自分を恥じていることは変わらなくて、それでも、そんな変わっていない過去の自分にも、やっぱり、「会った」ような気持ちになる。

「こんにちは！　過去の自分！」

ものすごく当たり前のことなのだけど、私って、生きてきたんだなぁと思う。

この6年間で、大切な人に出会ったし、苦しい失恋もしたし、家も買ったし、結婚もしたし、大きな文学賞もいただいた。もっと言えば、ベッドのシーツを洗濯したし、宅配便を無視したし、おならをしたし、足の爪を切った。そのどれも、どれもどれも全部、自分の体でやってきたのだなぁと思う。私は、そのときどきの私として、この体で生きてきたのだ。


『まにまに』というタイトルが、私はだいすきだ。

「間に間に」と書けば、合間に、適当に、というようなニュアンスがあるし、「随に《まにま》」は、なりゆきにまかせるさま、という意味があって、「随」は「随筆」の「随」でもある。「マニマニ」って、なんだかかわいらしいおまじないのようでもあるし、「まにまに」と声に出すと、「に」のところで自然と口角があがっている。

大げさではなく、かみさまにもらったタイトルだ、と思う。最近、すごく思う。

私にはかみさまがいる。

私はこれからも、ずっとこの体で生きてゆく。泣くだろうし、怒るだろうし、ふて腐れるだろうけど、それでも最後には口角をあげていたい。そのときどきの私として、口角をあげて、生きてゆきたい。

まにまに。

文庫版あとがき

あとがきを書いてからさらに数年が経った。一番大きな変化は子供ができたことだ。40歳の夏に産んで、今はもう1歳半になる。

最近、時々思うのは、いつかこの子が大きくなったら私の小説を読むのかな、ということだ。すごく嫌だし、読んでほしくもある。自分の気持ちがよく分からない。

でもエッセイに関しては……、考えただけで嫌だ。絶対に嫌だ。

小説なら最悪「フィクションだよ」と言える。「私のことじゃないんだよ」と。でもエッセイは本当のことだ。

「えー、こんな生活してたんだ……。」

そう思われるのが恥ずかしいし、

「うわ、こんな風に考えてたんだ!」

そう思われるのが恥ずかしい。

とにかく、猛烈に猛烈に恥ずかしいのだ。

でも、そこまで恥ずかしいということは、正直に書いたんだなと思う。

もちろん嫌だけど、もし読まれてしまったら腹をくくろう。これが私だったのだと言おう。些細なことに悩み、悶え、ずるいことを考えて、恥をかき、しょっちゅう泣いて、怒って、あらゆる表現に心震わせ、友達に勇気をもらって、生きてきたんだよ、と。


文庫版の解説は、尊敬する表現者であり、敬愛する友人である小林エリカさんにお願いした。彼女は私の猛烈に恥ずかしい過去も、ダメなところも、存分に知っている。その上で共にいてくれて、いつも私に大きな大きな勇気をくれる。エリカちゃん、本当にありがとう。長生きしようね。

装丁を担当してくださった鈴木成一さんは、いつもいつも想像を超える仕事をしてくださる。鈴木さん、本当にありがとう。これからも末長くよろしくお願いします。

連載時から並走してくださった稲子美砂さんにもお礼を言いたい。単行本化、文庫化にあたり、心強いパートナーになってくれた。稲子さん、本当にありがとう。

最後にこの文庫を手にとってくださった皆さん、本当にありがとう。

やっぱり恥ずかしいですが、出会ってくれて嬉しいです。

解説　いつかまにまにおばあさんになる日まで

小林《こばやし》エリカ

西加奈子さんは、いつでもにこにこ笑いながら、感情の奥深くまで見ることを、見せることを、恐れない。

自分の心の底に埋まっているような感情、たとえば自意識のようなものまでも、ちょっと料理でもするような調子でささーっと解剖して、あーこれうちの自意識♪　ってかんじで取り出して、それどころか、こちらにも、ほな♪　って調子で作品にして手渡して見せてくれるのだ。それがいつもあまりにも可憐だから、私はいつも目を瞠《みは》ってしまう。

というかそもそも、私はこの出だしの一文を、西加奈子さんは〜、と近しげな「さん」づけで書きはじめているわけで、なんならもっと誇らしげに、加奈子ちゃんは〜と「どや感」たっぷりに書きたい欲望に捕らわれているのである（そのくせ内心、西加奈子！　とタモリを呼び捨てにするみたいに叫ばずにはいられない）。しかしそんな風にして私が必死に奮闘しては押し殺そうとする自意識さえ、もうすでに彼女の皿の前にはあっけらかんと「さんづけのどや感」というタイトルで乗っかっているのである。

　自分の感情を深くまで覗いて見ることは、恐ろしい。なぜなら、感情というのは、決して美しいものだけじゃないから。よほどの聖人でもないかぎり、大概は、恥ずかしいくらいの自意識だとか、ちょっとした偏見だとか、多かれ少なかれ憎らしいと思ってしまう気持ちだとかを持っているものだから。そんな感情を持っている自分を直視するなんて、考えただけで血が滲み出そうだ。ましてや、自分の中のそれを掘り起こし、取り出し、解剖し、作品にして誰かに見せるなんて、もっと勇気がいることだ。けれど、そんな感情までも、西加奈子さんは自分の中に見ることを、見せることを厭《いと》わない。しかも、そのやり方は、楽しいとか、美しいとか、そんな感情を扱うときと少しも変わらない軽やかな手さばきで、こちらへ向かって差し出されるのだから。

「恋する般若」で彼女は、恋をして、余裕がなくて、必死な女を「鬼、般若」と呼ぶ。けれどまた、自分も鬼だ、般若だと、自分の感情にもまっすぐに深く斬り込んでゆく。

　でも、あの究極に周りの見えなくなる感じ、それが恋やがな、そうも思う。電車でお化粧直ししている子を全然笑えない。私も何度もしたことある。だって彼にさえ可愛く見られたらいいのだ！（「恋する般若」）

そして、それを、「必死なときは自分が見えない。可愛くなくても、みんな格好い。戦っているのだ。」と言ってのける。

私は彼女の作品を読むたびに、感動せずにはいられない。私は彼女が差し出してくれた作品を貪《むさぼ》りながら、自分の中にあるのに自分が見ようとさえしなかった感情にはじめて気づき、はじめてそれをちゃんと見ることができるようになる、気持ちがする。たとえそれがどんなに醜い感情であったとしても、彼女はそれを決して誰かを責めることに使ったり、なかったことにはしない。

そう、彼女は、その醜ささえも、抱きしめる。

だから、彼女は、失敗を恐れないし、進化し、更新し、進んでゆく。


そんな彼女の6年分のエッセイが『まにまに』の単行本には詰まっていたわけだが、この文庫化に際して、「両親のおかげで生まれた物語」や「未来」はじめ、さらにそれからのことがつけ加えられている。

自分が今ここに自分としてあるのは、今までの一秒一秒の積み重ねで、その積み重ねと共に自分はあったわけだから、私は徐々に今の自分になったわけだ。でも、その数秒を大いにすっ飛ばして昔の自分を思い出すと、この「未来」は凄まじい僥倖《ぎょうこう》と光栄に彩られている。(「未来」)

彼女はしばしば自分の置かれた状況を「とんでもない僥倖」と慎み深く形容する。そうして、いつなんどきも、どこまでも、誰に対しても、感謝を忘れない（それは作品だけでなく日常でもナチュラルにそうなのだ）。

けれど、私は西加奈子さんほどの努力家を知らない。

書くことを、読むことを、生きることを、見ようとすることを、絶対に諦めない。真の努力家だ。

彼女はどこまでも、深く、どこまでも、まっすぐに、見ようとする。

生まれて初めて見たときのように、ただただフラットに、素直に衝撃を受け、驚きたいと願いながら、何度でも世界を見ようとする。

この世界を見て、窓やベッドや人の指や花や血を見て、どう思ったのだろうか。きっと震えた。ぶるぶると。でもそれは、何に対する震えだったのだろう。そのときの感覚に戻りたくて仕方がない。（「心を」）

彼女は、たくさんの音楽を聞き、たくさんの本を読み、自分の感情を探る。見ようとする。

何かを「そういうものだ」と諦めたときに、「なんで？」の声を聞こうとするのを忘れない。

何ものも一元的に語ることはできない。我々の生活は、さまざまに、複雑に入り組

んだものでできている。それをほどき、感情に分け入り、寄り添うこと。それが小説家の仕事だ。(「鮮やかな裏切り」)

西加奈子さんは、この言葉をチママンダ・ンゴズィ・アディーチェという作家に対して書いているが、これは彼女自身がこれまでずっとやってきた小説家の仕事そのもののことだ、と私は思う。

彼女のそんな真摯な仕事は、きれいごとばかりではないこの世界の中で、私たちひとりひとりにはっきりと教えてくれる。決してあなたはひとりぼっちではないことを。世界は、本当は震えるほどの驚きに満ちたものであることを。生きるということは、苦しいけれど愛おしくもあることを。

以前、私は四十歳鼎談《ていだん》ということで、西加奈子さんと中村文則さん(西加奈子と中村文則だぞ！　凄い！　どやー！　と内心また呼び捨て)と一緒に、ラジオ番組でお話しさせていただいたことがある。

年をとるということが話題になったときのことだった。

西加奈子さんが、こないだ作家友達と一緒に話していたんやけどな、と教えてくれた。いつかすごく年をとって、もう、どれが自分が書いた作品か、他人が書いた作品かもわからなくなって、他人が書いた作品まで自分が書いたんだって思えるようになったら面白い。

笑いながらかなり衝撃的なことを話す西加奈子さんは、やっぱり、そのときも、ほな♪　って調子であった。

そうして私は、それを聞きながら、やっぱり目を瞠ったのだった。


私は、その言葉を聞いて以来もう、年をとったり、物忘れしたりすることが、怖くなくなった。それどころか、そうして生きていくことが、楽しみにすらなった。

おばあさんになった私は、おばあさんになった西加奈子さんに向かって自信たっぷりにこう言いたい。

私、随分むかしに『サラバ！』って凄い作品書いたのよ、それからすぐに『まにまに』っていうエッセイ集も出てねえ、文庫にもなったのよ。

読み返すと当時と変わっていることも、変わっていない過去の自分もいて、私って、生きていたんだなぁって、思えるの、と。

そのときどきの私として、口角をあげて、生きてゆくことができるのは、この本たちがあるからなんだよ、と。

ただ、最後には、どういうわけか最近はずっとまた寝間着で過ごしてるのよ、なんてことまで付けくわえるかもしれないけれど。

というわけで、西加奈子さんの作品をこれからも、ずっとずっと私は楽しみに読み続けたいのです。きっと、まだもっともっと、どこまでもどこまでも、見えなかったものを、見せてくれることでしょう。ほな♪　って調子で。

私は何度も目を瞠りながら、まるで我がことのように驚いたり心動かされたりしながら、共にまにまに生きて、いつかおばあさんになる日がやってくるのを、心から夢見ている。

（作家・マンガ家）

本書は、2015年9月に小社より刊行された作品を修正し、
以下を追加収録して文庫化したものです。

■追加収録作品　初出

第2章　日々のこと　その後

決意の上京　夢が現実に　　読売新聞 朝刊　2018年9月16日

両親のおかげで生まれた物語　　産経新聞　2015年1月28日

未来　　文藝春秋　2015年3月号

夏の強い私　　オール讀物　2016年7月号

ぐっとくる
WEB「filage」ONLINE Into the life of a woman　2017年3月22日

変わってゆくこと
WEB「filage」ONLINE Into the life of a woman　2017年6月21日

愛された　　SPUR　2017年8月号

ハンドルを握る、自由な私　　Honda Magazine　2018 Summer

爪と桜　　日本経済新聞 朝刊　2018年5月27日

第4章　本のこと

光をくれた本たち　　オール讀物　2015年3月号

勇気の書　　波　2016年5月号

未熟な者だけに許された　　波　2017年6月号

私たちに届いた言葉
毎日新聞、産経新聞　「日本文学振興会」広告　2018年1月17日

まにまに

西《にし》 加奈子《かなこ》

平成31年 2月25日　初版発行
令和7年 6月20日　20版発行

発行者●山下直久

発行●株式会社KADOKAWA
〒102-8177　東京都千代田区富士見2-13-3
電話　0570-002-301（ナビダイヤル）

角川文庫 21454

印刷所●株式会社KADOKAWA
製本所●株式会社KADOKAWA

表紙画●和田三造

●お問い合わせ
https://www.kadokawa.co.jp/（「お問い合わせ」へお進みください）
※内容によっては、お答えできない場合があります。
※サポートは日本国内のみとさせていただきます。
※Japanese text only

ISBN 978-4-04-102638-0　C0195

JASRAC 出 1900952-520

◆◇◇

角川文庫発刊に際して

角川源義

第二次世界大戦の敗北は、軍事力の敗北であった以上に、私たちの若い文化力の敗退であった。私たちの文化が戦争に対して如何に無力であり、単なるあだ花に過ぎなかったかを、私たちは身を以て体験し痛感した。西洋近代文化の摂取にとって、明治以後八十年の歳月は決して短かすぎたとは言えない。にもかかわらず、近代文化の伝統を確立し、自由な批判と柔軟な良識に富む文化層として自らを形成することに私たちは失敗して来た。そしてこれは、各層への文化の普及滲透を任務とする出版人の責任でもあった。

一九四五年以来、私たちは再び振出しに戻り、第一歩から踏み出すことを余儀なくされた。これは大きな不幸ではあるが、反面、これまでの混沌・未熟・歪曲の中にあった我が国の文化に秩序と確たる基礎を齎らすためには絶好の機会でもある。角川書店は、このような祖国の文化的危機にあたり、微力をも顧みず再建の礎石たるべき抱負と決意とをもって出発したが、ここに創立以来の念願を果すべく角川文庫を発刊する。これまで刊行されたあらゆる全集叢書文庫類の長所と短所とを検討し、古今東西の不朽の典籍を、良心的編集のもとに、廉価に、そして書架にふさわしい美本として、多くのひとびとに提供しようとする。しかし私たちは徒らに百科全書的な知識のジレッタントを作ることを目的とせず、あくまで祖国の文化に秩序と再建への道を示し、この文庫を角川書店の栄ある事業として、今後永久に継続発展せしめ、学芸と教養との殿堂として大成せんことを期したい。多くの読書子の愛情ある忠言と支持とによって、この希望と抱負とを完遂せしめられんことを願う。

一九四九年五月三日

角川文庫ベストセラー

角川文庫ベストセラー

あしたはうんと遠くへいこう　角田光代

泉は、田舎の温泉町で生まれ育った女の子。東京の大学に出てきて、卒業して、働いて。今度こそ幸せになりたいと願い、さまざまな恋愛を繰り返しながら、少しずつ少しずつ明日を目指して歩いていく……。

愛がなんだ　角田光代

OLのテルコはマモちゃんにベタ惚れだ。彼から電話があれば仕事中に長電話、デートとなれば即退社。全てがマモちゃん最優先で会社もクビ寸前。濃密な筆致で綴られる、全力疾走片思い小説。

小説 ひるね姫
～知らないワタシの物語～　神山健治

2020年、東京オリンピックの3日前。昼寝が得意な女子高生・ココネは、警察に連行された父を助けようと、夢の世界とリアルをまたいだ不思議な旅に。劇場アニメ『ひるね姫』神山監督自らによる原作小説。

ナラタージュ　島本理生

お願いだから、私を壊して。ごまかすこともそらすこともできない、鮮烈な痛みに満ちた20歳の恋。もうこの恋から逃れることはできない。早熟の天才作家、若き日の絶唱というべき恋愛文学の最高作。

一千一秒の日々　島本理生

仲良しのまま破局してしまった真琴と哲、メタボな針谷にちょっかいを出す美少女の一紗、誰にも言えない思いを抱きしめる瑛子――。不器用な彼らの、愛おしいラブストーリー集。

角川文庫ベストセラー

クローバー　島本理生

強引で女子力全開の華子と人生流され気味の理系男子・冬治。双子の前にめげない求愛者と微妙にズレてる才女が現れた！　でこぼこ4人の賑やかな恋と日常。キュートで切ない青春恋愛小説。

小説　秒速5センチメートル　新海　誠

「桜の花びらの落ちるスピードだよ。秒速5センチメートル」。いつも大切な事を教えてくれた明里、彼女を守ろうとした貴樹。恋心の彷徨を描く劇場アニメーション『秒速5センチメートル』を監督自ら小説化。

小説　言の葉の庭　新海　誠

雨の朝、高校生の孝雄と、謎めいた年上の女性・雪野は出会った。雨と緑に彩られた一夏を描く青春小説。劇場アニメーション『言の葉の庭』を、監督自ら小説化。アニメにはなかった人物やエピソードも多数。

小説　君の名は。　新海　誠

山深い町の女子高校生・三葉が夢で見た、東京の男子高校生・瀧。2人の隔たりとつながりから生まれる「距離」のドラマを描く新海誠的ボーイミーツガール。新海監督みずから執筆した、映画原作小説。

小説　ほしのこえ　原作／新海　誠　著／大場　惑

『君の名は。』の新海誠監督のデビュー作『ほしのこえ』を小説化。中学生のノボルとミカコは、ミカコが国連宇宙軍に抜擢されたため、宇宙と地球に離れ離れに。2人をつなぐのは携帯電話のメールだけで……。

角川文庫ベストセラー

小説　星を追う子ども

原作／新海　誠
著／あきさかあさひ

少女アスナは、地下世界アガルタから来た少年シュンに出会うが、彼は姿を消す。アスナは伝説の地アガルタを目指すが――。『君の名は。』新海誠監督の劇場アニメ『星を追う子ども』（2011年）を小説化。

小説　雲のむこう、約束の場所

原作／新海　誠
著／加納新太

ぼくたち3人は、あの夏、小さな約束をしたんだ。青春や夢、喪失と挫折をあますところなく描いた1冊。映画「君の名は。」で注目の新海誠による初長編アニメのノベライズが文庫初登場！

あなたがここにいて欲しい

中村　航

大学生になった吉田くんによみがえる、懐かしいあの日々。温かな友情と恋を描いた表題作ほか、「男子五編」「ハミングライフ」を含む、感動の青春恋愛小説集。

僕の好きな人が、よく眠れますように

中村　航

僕が通う理科系大学のゼミに、北海道から院生の女の子が入ってきた。徐々に距離の近づく僕らには、しかし決して恋が許されない理由があった……『100回泣くこと』を超えた、あまりにせつない恋の物語。

あのとき始まったことのすべて

中村　航

社会人3年目――中学時代の同級生の彼女との再会が、僕らのせつない恋の始まりだった……『100回泣くこと』『僕の好きな人が、よく眠れますように』の中村航が贈る甘くて切ないラブ・ストーリー。

角川文庫ベストセラー

もしもし、運命の人ですか。　穂村　弘

間違いない。とうとう出会うことができた。運命の人だ。気鋭の歌人が、繊細かつユーモラスな筆致で書く恋愛エッセイ集。今度はこうしよう……延々とシミュレートし続けた果てに、〈私の天使〉は現れるのか？

蚊がいる　穂村　弘

日常の中で感じる他者との感覚のズレ。「ある」のに「ない」ことにされている現実……なぜ、僕はあのとき何も云えなかったのだろう。内気は致命的なのか。共感必至の新感覚エッセイ。カバーデザイン・横尾忠則

わたし恋をしている。　益田ミリ

川柳とイラスト、ショートストーリーで描く、さまざまな恋のワンシーン。まっすぐな片思い、別れの夜の切なさ、ちょっとずるいカケヒキ、後戻りのできない恋……あなたの心にしみこむ言葉がきっとある。

ロマンス小説の七日間　三浦しをん

海外ロマンス小説の翻訳を生業とするあかりは、現実にはさえない彼氏と半同棲中の27歳。そんな中ヒストリカル・ロマンス小説の翻訳を引き受ける。最初は内容と現実とのギャップにめまいものだったが……。

月魚　三浦しをん

『無窮堂』は古書業界では名の知れた老舗。その三代目に当たる真志喜と「せどり屋」と呼ばれるやくざ者の父を持つ太一は幼い頃から兄弟のように育つ。ある夏の午後に起きた事件が二人の関係を変えてしまう。

角川文庫ベストセラー

白いへび眠る島　三浦しをん

高校生の悟史が夏休みに帰省した拝島は、今も古い因習が残る。十三年ぶりの大祭でにぎわう島である噂が起こる。【あれ】が出たと……悟史は幼なじみの光市と噂の真相を探るが、やがて意外な展開に！

空想科学読本
3分間で地球を守れ!?　柳田理科雄

『ウルトラマン』『ONE PIECE』『名探偵コナン』『シン・ゴジラ』『おそ松さん』など、世代を超えて愛されるマンガ、アニメ、特撮映画を科学的に検証！

空想科学読本
正義のパンチは光の速さ!?　柳田理科雄

『空想科学読本』シリーズから、よりすぐりのネタを集めた文庫の第2弾。『銀魂』『黒子のバスケ』『新世紀エヴァンゲリオン』『キャプテン翼』など、新旧の人気少年マンガを中心に全面改訂でお届けする。

空想科学読本
滅びの呪文で、自分が滅びる！　柳田理科雄

ベストセラー『空想科学読本』シリーズから原稿を厳選収録！　定番の名作から、『ポプテピピック』『スプラトゥーン』などの話題作まで、31コンテンツを検証！

完全版
社会人大学人見知り学部
卒業見込　若林正恭

単行本未収録連載100ページ以上！　雑誌「ダ・ヴィンチ」読者支持第1位となったオードリー若林の社会人シリーズ、完全版となって文庫化！　彼が抱える社会との違和感、自意識との戦いの行方は……？